Cheyennes Lieblingshund
KALLE
meine beste Freundin
Cheyenne Wawrceck
Lotta Petermann
Cheyennes kleine Schwester
Chanell Wawrceck
meine Mama
Sabine Petermann
mag Ajudingsbums-Gekoche
meine indische oder außerirdische? Blockflöte
Paul Kohlhase
WK
Mitglieder unserer Bande:
DIE WILDEN KANINCHEN
Rainer Petermann
kommt aus Frankreich
Rémi Dubois
mein Papa
Lehrer
Jakob und Simon Petermann
meine Blödbrüder
Zwillinge nämlich
ANTON

Alice Pantermüller
Daniela Kohl

Mein Lotta-Leben
Im Zeichen des Tapirs

Weitere Bücher von Alice Pantermüller im Arena Verlag:

Mein Lotta-Leben. Alles voller Kaninchen (1)
Mein Lotta-Leben. Wie belämmert ist das denn? (2)
Mein Lotta-Leben. Hier steckt der Wurm drin! (3)
Mein Lotta-Leben. Daher weht der Hase! (4)
Mein Lotta-Leben. Ich glaub, meine Kröte pfeift! (5)
Mein Lotta-Leben. Den Letzten knutschen die Elche! (6)
Mein Lotta-Leben. Und täglich grüßt der Camembär (7)
Mein Lotta-Leben. Kein Drama ohne Lama (8)
Mein Lotta-Leben. Das reinste Katzentheater (9)
Mein Lotta-Leben. Der Schuh des Känguru (10)
Mein Lotta-Leben. Volle Kanne Koala (11)
Mein Lotta-Leben. Eine Natter macht die Flatter (12)
Mein Lotta-Leben. Wenn die Frösche zweimal quaken (13)
Mein Lotta-Leben. Da lachen ja die Hunde! (14)
Mein Lotta-Leben. Wer den Wal hat (15)
Mein Lotta-Leben. Das letzte Eichhorn (16)
Mein Lotta-Leben. Je Otter, desto flotter (17)
Mein Lotta-Leben. Alles Bingo mit Flamingo! (Buch zum Film)

Linni von Links. Sammelband. Band 1 und 2
Linni von Links. Alle Pflaumen fliegen hoch (3)
Linni von Links. Die Heldin der Bananentorte (4)

Poldi und Partner. Immer dem Nager nach (1)
Poldi und Partner. Ein Pinguin geht baden (2)
Poldi und Partner. Alpaka ahoi! (3)

Bendix Brodersen. Angsthasen erleben keine Abenteuer
Bendix Brodersen. Echte Helden haben immer einen Plan B

www.mein-lotta-leben.de

Alice Pantermüller

wollte bereits während der Grundschulzeit „Buchschreiberin" oder Lehrerin werden. Nach einem Lehramtsstudium, einem Aufenthalt als Deutsche Fremdsprachenassistentin in Schottland und einer Ausbildung zur Buchhändlerin lebt sie heute mit ihrer Familie in der Lüneburger Heide. Bekannt wurde sie durch ihre Kinderbücher rund um „Bendix Brodersen" und die Erfolgsreihe „Mein Lotta-Leben".

Daniela Kohl

verdiente sich schon als Kind ihr Pausenbrot mit kleinen Kritzeleien, die sie an ihre Klassenkameraden oder an Tanten und Opas verkaufte. Sie studierte an der FH München Kommunikationsdesign und arbeitet seit 2001 fröhlich als freie Illustratorin und Grafikerin. Mit Mann, Hund und Schildkröte lebt sie über den Dächern von München.

Arena

Alice Pantermüller

MEIN LOTTA-LEBEN

Im Zeichen des Tapirs

Illustriert von Daniela Kohl

Für Alma

Daniela

Ein Verlag in der
westermann GRUPPE

MIX
Papier aus verantwortungsvollen Quellen
FSC® C110508

1. Auflage 2021

Rottendorfer Straße 16, 97074 Würzburg

Einband, Satz und Illustrationen: Daniela Kohl
Gesamtherstellung: Westermann Druck Zwickau GmbH
Printed in Germany
ISBN 978-3-401-60505-0

Besuche den Arena Verlag im Netz:
www.arena-verlag.de

FREITAG, DER 1. OKTOBER

Oh Mann, ey hat Cheyenne heute in der ersten großen Pause gestöhnt.

Wann fangen **endlich** die Ferien an? Ich halt's echt nicht mehr aus ... ich steeerbe!

Paul, Rémi und ich haben gelacht. Wir standen nämlich alle zusammen auf dem Schulhof, und es waren nur noch **vier Schulstunden** bis zu den **HERBSTFERIEN.**

Das ist <u>nicht</u> lustig hat Cheyenne gegrummelt. Weil wir gleich Physik haben. Und da kriegen wir die Arbeit wieder und ich hab bestimmt 'ne Sechs. Und dann haben wir auch noch Geschichte bei Frau Kackert, der alten Schabracke ...

Natürlich musste ich schon wieder lachen, HAHA Paul allerdings nicht.

Stattdessen hat er erklärt, dass Schabracke eigentlich gar kein Schimpfwort ist.

Sondern eine Satteldecke für Pferde.

Dabei hat er klug durch seine Brille geguckt.

Und da hat Rémi genickt und Schabracken-Tapir gesagt.

Einen Moment lang haben wir ihn alle nur a n g e s t a r r t . Aber dann haben wir losgebrüllt vor Lachen. HAHAHA! HAHA! HAHAHAHA! HAHAHA!

Sogar Paul. Er hat Rémi eine Hand auf die Schulter gelegt und sich eine Träne aus dem Augenwinkel gewischt.

Ich glaub, Rémi hat nicht so ganz verstanden, weshalb. Er versteht ja manches noch nicht so richtig, obwohl er inzwischen schon ganz schön viel Deutsch kann.

Aber jetzt hat er ziemlich verwirrt ausgesehen.

Warum? hat er gefragt.
Er ist meine Lieblingstier.

Cheyenne hat nach Luft geschnappt.

Frau Kackert ist dein Lieblingstier?
hat sie gequietscht.

Ich glaub, plötzlich fand sie es in der Schule doch nicht mehr so schlimm.

Auf dem Weg zum Physikraum hab ich ihr erklärt, dass ein Tapir ein Tier ist. Mit so einem Rüssel.

Da hat sie schon wieder gekichert.
Ein Elefantenrüssel oder ein Schweinerüssel?

Hm, also, ich fand so einen Tapir irgendwie voll schwer zu beschreiben.

Wahrscheinlich, weil ich selbst nicht ganz genau weiß, wie der aussieht.

Trotzdem hab ich versucht, ihr am Anfang der Stunde ein Bild zu malen.

Es ist allerdings nicht sehr gut geworden und da musste sie noch mehr kichern und wir haben überlegt, ob es vielleicht noch mehr Tiere gibt, die einen **komischen** Namen haben und dabei auch noch **komisch** aussehen.

Heimlich haben wir mit Cheyennes Smartphone unter dem Tisch gegoogelt und gleich ein paar gefunden:

der Stumpfnasenaffe

der Dugong

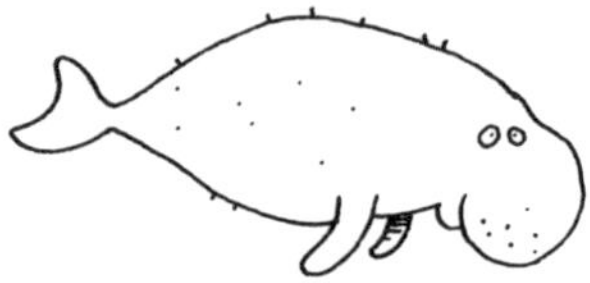

der Nacktmull

die Spiegelei-Qualle

der Blobfisch

Doch dann musste Cheyenne nach vorne kommen und ihr Handy abgeben. 

Ey, du Blobfisch hat sie ganz leise gemurmelt, aber unser Physiklehrer Herr Bohring hat nur seine Hand ausgestreckt und gesagt, dass sie es nach der sechsten Stunde wieder bei ihm abholen kann.

Herr Bohring heißt eigentlich **Doktor Bohring.** Er ist ein bisschen langweilig, aber vielleicht liegt das auch nur daran, dass Physik ein langweiliges Fach ist.

Nicht mal die OBERSTREBERIN BERENIKE ist in Physik so gut wie in allen anderen Fächern.

Als wir anschließend die Arbeit wiederbekommen haben, hatte sie nämlich nur eine **Zwei minus.**

Allerdings ist die Arbeit insgesamt nicht **SO GUT** ausgefallen, daher war ich ziemlich erleichtert über meine Vier.

Cheyenne hat sich sogar ein kleines bisschen über ihre **FÜNF** gefreut.

Weil sie ja gedacht hat, sie hätte eine Sechs geschrieben.

Nach den Ferien beginnen wir mit einem neuen Thema

hat Doktor Bohring dann erklärt und dabei ausgesehen, als wäre das sein **LIEBLINGSTHEMA.**

Auf die Idee hat mich ein Schüler eurer Klasse gebracht — willst du den anderen erzählen, worüber wir gesprochen haben, Paul?

Och nee, ne, Paul?  War ja klar.

Paul interessiert sich voll für Mathe und Physik und solche Sachen. Und er ist wohl der einzige Schüler aus der Klasse, der sich nach dem Unterricht **freiwillig** noch mit unserem Physiklehrer unterhält. Oder überhaupt jemals.

Es ging um Astronomie! hat er begeistert gerufen und seine Augen haben geleuchtet.

Genau. Doktor Bohring hat genickt. Wer von euch weiß denn, was das ist, Astronomie? hat er gefragt und in die Klasse geguckt.

Und da hat Cheyenne sich gemeldet. Sie hat sogar mit den Fingern geschnipst.

Ich hab sie völlig verdattert angestarrt und alle anderen auch und Doktor Bohring hat sie gleich drangenommen. Schließlich hat Cheyenne sich **noch nie** in Physik gemeldet.

Das sind Sternzeichen! hat sie gerufen und dabei ziemlich stolz ausgesehen.

Ich bin zum Beispiel ♏ Skorpion. Und eine Skorpionfrau ist total kämpferisch und willensstark!

Ich glaub, die Antwort war nicht richtig, denn ein paar Leute aus der Klasse haben gelacht oder gestöhnt und sich weggedreht. So, als hätten sie **Schmerzen.**

 Berenike zum Beispiel.

Ich wusste gar nicht, dass man auch immer dümmer werden kann, je länger man zur Schule geht

hat sie ihren **LÄMMER-GIRLS** zugemurmelt und die haben blöd rumgegackert, diese Gackerhühner. Wie immer.

Weil ich Cheyenne helfen wollte, hab ich schnell gerufen: Und ich bin Zwilling, dabei sind doch eigentlich meine Brüder Zwillinge, aber die sind Fische.

Hä? hat Cheyenne gemacht.

Doch bevor ich das weiter erklären konnte, hat Liv-Grete sich gemeldet. Ich bin Stier

hat sie erzählt. Und da haben ihre **LÄMMER-GIRL**-Freundinnen Berenike, Emma und Hannah sie voll komisch angeguckt.

 Schabracken-Tapir hat Rémi erneut gesagt.

Doch in dem Moment hat sich Doktor Bohring wieder eingemischt.

Was ihr meint, ist Astro**logie.** Astronomie hingegen ist die Wissenschaft von den Gestirnen. Wir werden uns also nach den Herbstferien mit unserem Sonnensystem beschäftigen und mit der Galaxie, in der wir leben – der Milchstraße!

hat er erklärt.

Dabei hat er mit den Händen in Richtung der Zimmerdecke gewedelt.

Und dann hat er voll glücklich erklärt, dass seine Eltern ihn Nils genannt hätten, weil er an dem Tag geboren wurde, an dem der **erste Mensch der Welt den Mond** betreten hätte.

Und der hieß Nils Armstrong oder so.

Cheyenne und ich haben einen vielsagenden Blick getauscht. „Nee, ist klar", hat sie geflüstert.

Und ich wurde am Tag geboren, als **Cheyenne Armstrong** die erste Staffel von **Der Super-Puper-POPSTAR** gewonnen hat.

hihi Hieß die Sendung nicht: Brot kann schimmeln – was kannst du? hab ich zurückgeflüstert.

Nee hat Cheyenne gegluckst. Das war doch die Castingshow, die **Lotta Armstrong** gewonnen hat. An dem Tag, als du geboren wurdest!

In der Pause nach der Physikstunde war Paul kaum noch zu bremsen. Weil es nur eine kurze Pause war, sind wir nicht auf den Schulhof gegangen, sondern nur rüber in unser Klassenzimmer. Und währenddessen hat Paul die ganze Zeit geredet.

Das macht er immer, wenn er irgendwas richtig gut findet.

Es sollte eine Überraschung werden, aber jetzt kann ich es euch ja verraten: An meinem Geburtstag in drei Tagen werden wir eine Führung durch die Sternwarte machen! Außerdem haben meine Eltern eine **Fulldome-Show** gebucht – nur für meine Geburtstagsgesellschaft! **Vom ptolemäischen Weltbild bis in die Gegenwart.**

Er hat voll glücklich ausgesehen, deshalb hab ich ihn lieber nicht unterbrochen. Dabei hatte ich keine Ahnung, was eine **Fulldome-Show** sein soll oder

ein tollemerisches Weltbild.

Aber ich hab auch lieber nicht nachgefragt, weil Paul dann noch mehr geredet hätte. blablabl

Hoffentlich bekomme ich das semiprofessionelle **Deep-Sky-Linsenteleskop** mit 240-facher Vergrößerung zum Geburtstag, das ich mir gewünscht habe … das **Omega 0815/C-3PO** …

Hast du denn noch andere Leute eingeladen außer den **WILDEN KANINCHEN?**

hat Cheyenne gefragt.

Ja.

Paul hat genickt, seine Augen haben noch immer gestrahlt.

Ein paar Leute aus dem Schachclub. Caspar, Leander und Edda-Marie.

Da hat auch Cheyenne nichts mehr gesagt. Und ich hatte plötzlich ein **KOMISCHES GEFÜHL** im Bauch. Weil die Leute aus dem Schachclub bestimmt alle so **superschlau** sind wie Paul. Aber vielleicht nicht so nett.

FREITAG, DER 1. OKTOBER. Abends

Obwohl ich mich ja nicht für so was interessiere, für Sterne und Mikroskope und so, hab ich beim Abendbrot erzählt, dass wir an Pauls Geburtstag in eine Sternwarte gehen.

Cool! **STAR WARS!**

hat Jakob sofort gerufen.

 Und dann hat er Piu! Piu! gemacht und so getan, als würde er gegen Simon kämpfen.

Simon hat ihn weggeschubst und gefragt, ob man da auch den Todesstern  sehen kann.

Dann komm ich nämlich mit und vernichte das Imperium!

Anschließend hat er sein letztes Stück Brot mit Bärchenwurst gegessen.

Ich komm auch mit

hat Jakob schnell gerufen.

Aber da hab ich meinen **Blödbrüdern** erst mal erklärt, dass **KEINER von beiden** mitkommt.

Weil es ja Pauls Geburtstag ist und der **nur** seine **Freunde** eingeladen hat!

Dann vernichte ich eben zuerst Paul

hat Simon mit vollem Mund genuschelt und da hat Papa sich eingemischt.

Allerdings nicht, um mit Simon zu schimpfen. Stattdessen hat er erst mal total schwärmerisch aus dem Fenster geguckt und geseufzt.

Ich habe mir früher auch immer gewünscht, mal ein Planetarium zu besuchen. Leider hat das nie geklappt ... Kennt ihr eigentlich den Film ***PROXI*, der Außerirdische?** Das war damals mein Lieblingsfilm ...

Wir haben einen misstrauischen Blick getauscht, meine **Brüder** und ich.

Wer weiß, mit was für einer **ollen Kamelle** Papa uns da kommen wollte! Wahrscheinlich war der noch in Schwarz-Weiß oder so.

Aber Papa war schon so begeistert von seiner Idee, dass er uns seinen Film unbedingt noch heute Abend zeigen wollte. Weil morgen ja Samstag ist und wir ausschlafen können.

Ungefähr eine Minute nach dem Abendessen hatte Papa den Film wirklich schon gefunden.

Und **PROXI, der Außerirdische**, war sogar ganz niedlich. Jedenfalls war er nett und hatte nicht vor, die Erde zu vernichten. Eigentlich wollte er nur wieder zurück auf seinen Heimatplaneten.

Proxi will zu Hause hat er immer gesagt.

Ich weiß nur nicht, warum er dabei so einen komischen **BLOBFISCH-KOPF** haben musste.

Und voll die langen, **SCHLEIMIGEN FLOSSEN.**

FREITAG, DER 1. OKTOBER. Nachts

AAAAAAH! Heute Nacht war **PROXI** in meinem Zimmer! Ich glaub, er wollte zu Hause, und ich sollte ihm dabei helfen! Dabei wusste ich doch gar nicht, wie man so ein komisches Gerät baut wie der Junge im Film.

Aber **PROXI** hat von mir verlangt, dass ich das mache, und dann ist er immer näher gekommen mit seinen **SCHLEIMIGEN FLOSSEN** ...

Zum Glück bin ich genau da aufgewacht. **Puh!** Trotzdem hat mein Herz noch immer gebollert wie verrückt, so laut, dass ich kaum etwas anderes hören konnte.

Allerdings gab es auch nichts zu hören außer meinem eigenen Atem und meinem Herzschlag.

Keinen **PROXI**.

Es war nur ein **ALBTRAUM** gewesen. **ODER?**

Aber warum war mir dann immer noch so **SCHAUERLICH** zumute? Vielleicht weil es stockdunkel in meinem Zimmer war ...
Und es konnte ja sein, dass sich **PROXI** → im Kleiderschrank versteckt hatte ...

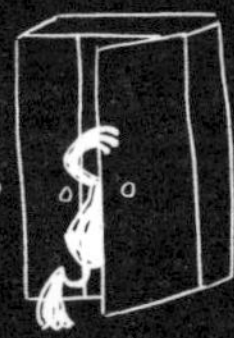

Plötzlich hat es geraschelt.

Ich hab gejapst, dann hab ich versucht, die Luft anzuhalten, um kein Geräusch zu machen.

Einen Moment lang war es ganz s t i l l.
Vielleicht hatte ich mich ja nur verhört.

Aber dann ... hat es geknistert ... und **GERUMST** und **GEPOLTERT!**
Ein **SCHRILLES FIEPEN** – wie meine **indische** Blockflöte!!!

AAAAAARGH!

SAMSTAG, DER 2. OKTOBER

Heute Morgen haben meine **Blödbrüder** mal wieder an Mama geklebt, die gerade versucht hat, Frühstück zu machen. Das machen die beiden ja öfters mal.

Da waren voll die gruseligen Geräusche heute Nacht ... hat Simon rumgejault und sich an ihren Ärmel geklammert. Und Jakob hat sich ängstlich umgeguckt.

Das war bestimmt **PROXI**. Der ist gekommen, um wissenschaftliche Experimente mit unseren Gehirnen zu machen ... hat er gewimmert.

Diese **SCHISSER!**

Genau! hab ich gerufen. Aber ihr habt noch mal Glück gehabt: Bei euch hat er nämlich keine [Gehirne] gefunden.

Mama hat mir mit dem Finger gedroht und versucht, **streng** zu gucken, aber dann musste sie doch grinsen.

Dann solltet ihr wohl nicht mehr so viel **STAR WARS** gucken, wenn euch schon ***PROXI*** solche Angst macht.

hat sie anschließend zu meinen Brüdern gesagt.

Und ich hab mit meiner **GRUSELIGSTEN** Gruselstimme geraunt:

PROXI WILL ZU HAUSE.

Ach, ihr seid voll blöd. Wir haben doch bloß Spaß gemacht.

hat Jakob da behauptet.

Und dann sind die beiden spielen gegangen. Wahrscheinlich **wissenschaftliche menschen-experimente** auf **PROXIS PLANETEN** oder so.

Nach dem Frühstück wollte ich zu Cheyenne laufen. Meine Blockflöte hab ich allerdings in meinem Zimmer gelassen. Dabei hab ich sie → 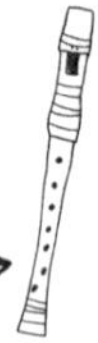 sonst immer mit dabei – schließlich ist sie eine ganz besondere Flöte, mit der man zum Beispiel Schlangen und andere Tiere **beschwören** kann.

Aber heute mochte ich sie irgendwie nicht in meinen Ärmel stecken. Denn was, wenn sie in Wirklichkeit doch keine **indische** Flöte war ..., sondern eine **AUßERIRDISCHE?**

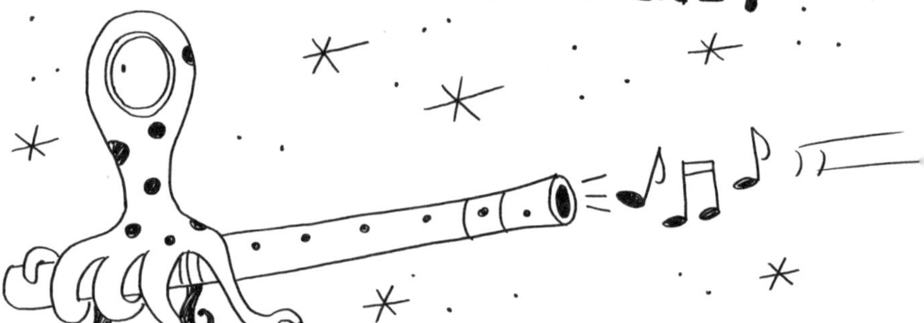

 Man weiß ja nie.

Auf dem Weg zu Cheyenne hab ich über **PROXI** und andere **Außerirdische** nachgedacht.

Dann hab ich meine beste Freundin auch schon gesehen, und zwar vor der Tür des Mehrfamilienhauses, wo sie mit ihrer Mami und ihrer kleinen Schwester Chanell lebt. ⟶

Sie hatte nämlich auch gerade vor, mich zu besuchen. Natürlich haben wir uns erst mal umarmt.

Mami und Otmar wollen mit uns verreisen. Schon nächste Woche

hat sie anschließend geknurrt.

Da hab ich voll den  **SCHRECK** gekriegt.

Aber an Pauls Geburtstag bist du doch noch da, oder? Am Montag? Ich will da **nicht alleine** hin!

Nicht wenn außer Rémi und mir nur die **SUPERHIRNE** aus dem Schachclub kommen! Bla

Nee, wir fahren erst am Mittwoch

hat Cheyenne dann geseufzt und da war ich ganz schön erleichtert.

Und was ist so schlimm daran? hab ich nachgefragt. Urlaub ist doch was Tolles.

„Jaaa", hat Cheyenne so gedehnt gesagt und ihre Jacke fester um die Schultern gezogen, weil die viel zu kalt war für Oktober.

Eigentlich schon. Als Mami davon erzählt hat, hab ich mich erst auch total gefreut. Weil ich ja gedacht hab, wir fliegen nach Mallorca oder so. Aber dann hat sie gesagt, dass wir nach **HARZ** fahren. Zu Otmars Schwester Bea.

Dann hat sie noch viel grummeliger geguckt.

Ich weiß nicht mal, wo das ist, dieses **HARZ**. Das hört sich an wie 'ne Krankheit ...

Otmar

Otmar ist der neue Freund von Cheyennes Mami. Für Sandra ist es echt schön, dass sie ihn hat, weil sie jetzt gar nicht mehr

ständig müde auf dem Sofa rumliegt,

sondern immer voll **aktiv** ist.

Und eigentlich findet Cheyenne das auch toll und freut sich für ihre Mami, aber ich konnte sie trotzdem gut verstehen.

Das ist ja total unfair, dass Sandra und Otmar deine Herbstferien opfern, nur um seine Schwester zu besuchen!

hab ich empört gerufen.

Genau

hat Cheyenne bestätigt.

Da muss man so furchtbar lange auf die Ferien warten und dann so was.

Sie hat tief durchgeschnauft.

Mann, ey. Wenn die beiden schon einen auf Familie machen müssen, dann bitte schön auch richtig!
Dann will ich auch was Cooles ...
mit dem Flugzeug irgendwo hinfliegen,
wo es warm ist ...
und wo es einen
Strand gibt ...
mit Palmen ...

Wie lange seid ihr denn weg?

hab ich vorsichtig gefragt.

Von Mittwoch bis Sonntag

hat Cheyenne geknurrt.

FÜNF TAGE? hab ich geschrien. Was soll ich denn fünf Tage ohne dich machen?

Da hat Cheyenne schon ein kleines bisschen besänftigter ausgesehen.

Du hast ja noch Paul und Rémi

hat sie geseufzt und mit den Schultern gezuckt.

Und den Schachclub hab ich gemurmelt, und da musste sie sogar schon wieder ein bisschen kichern.

Ich fand das allerdings nicht wirklich komisch.

Haben Otmar und deine Mami überhaupt mal darüber nachgedacht, dass sie damit auch **meine** Herbstferien ruinieren?

hab ich gefragt.

Wieder hat Cheyenne tief geseufzt.

Anschließend haben wir Cheyennes kleinen Hund  **KALLE** von ihrer Omaramona abgeholt und sind mit ihm in den Park gegangen. Und da ging es uns schon wieder etwas besser. Wie immer, wenn wir Zeit mit Kalle verbringen ... 

... oder mit meinem Lieblingshund ANTON.

MONTAG, DER 4. OKTOBER

Cheyenne und ich haben ewig überlegt, was wir Paul zum Geburtstag schenken sollten. Weil er sich ja für so **KOMISCHE** Sachen interessiert, von denen wir keine Ahnung haben. 

Zum Glück hat Papa uns ein bisschen dabei geholfen, im Internet nach guten **GESCHENKEN FÜR NERDS** zu googeln.

Und dabei haben wir viele Sachen gefunden, die sogar wir toll fanden:

- **MAGNETWÜRFEL:** Puzzle mit 216 Neodym-Magnetkugeln

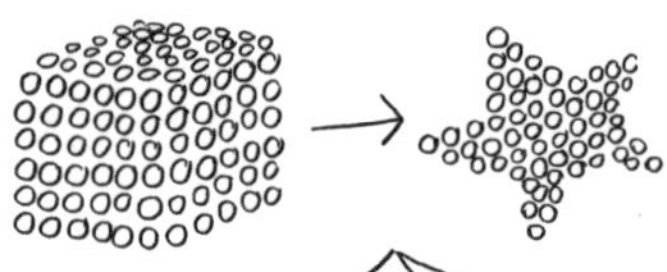

- **EXPERIMENTIERKASTEN** Erneuerbare Energien

- Sensorisches **JUMBO-SCHLEIMROHRSET**, 80 mm Durchmesser

Dichroitisches **X-CUBE-PRISMA**

(keine Ahnung, was das sein sollte, sah aber interessant aus)

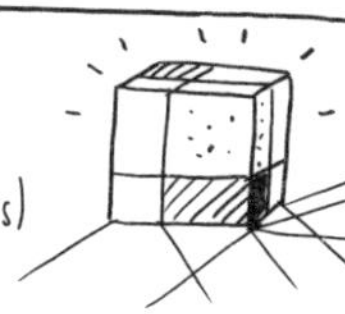

UNENDLICHE SCHOKOLADE,

die niemals alle wird

MOON MUG:

Mondbecher mit Astronautenfußabdruck

Intelligente **UV-KNETE**

GLOW IN THE DARK

Schließlich haben wir für ihn eine **PLASMAKUGEL** ausgesucht.

Die ist aus Glas, ungefähr so groß wie ein Fußball und macht innen *bunte Blitze*, vor allem wenn man sie anfasst.

„So eine hätte ich auch gerne", hat Cheyenne gesagt, als wir mit der eingepackten Kugel heute Nachmittag auf dem Weg zu Paul waren.

Anschließend haben wir aber erst mal nicht mehr miteinander geredet. Und zwar weil wir beide beim Gedanken an Pauls Geburtstag so ein **KOMISCHES GEFÜHL** hatten.

Ich wusste erst gar nicht genau, WARUM.

Aber irgendwann hat Cheyenne gemurmelt:

Ich finde es total blöd, dass Paul auch noch andere Leute eingeladen hat. Schließlich sind **wir seine besten Freunde.** Und diese **SCHACH-SCHNÖSEL** denken bestimmt, sie sind viel klüger und toller als wir …

Ja, das war es.

Genau davor hatte ich auch **ANGST.**

Und trotzdem hat es sich irgendwie nicht richtig angehört, was Cheyenne gesagt hat.

Aber Paul ist ja auch klug und trotzdem nicht eingebildet

hab ich erwidert.

Cheyenne hat mit den Schultern gezuckt.

Na und? Ich rede jedenfalls nicht mit Leuten, die so **bescheuerte Namen** haben wie Kasper und Seppel und so …

Oh Mann, Cheyenne!

Dafür können die doch nichts

hab ich ihr erklärt.

Und trotzdem fand auch ich es **blöd**, dass Paul diese komischen Leute aus dem Schachclub zu seinem **GEBURTSTAG** eingeladen hat.

Obwohl Cheyenne und ich rechtzeitig da waren, kamen wir als letzte Gäste an. Aber Paul stand noch mit **zwei Jungs** im Flur, die wir nicht kannten und die gerade dabei waren, ihre Jacken auszuziehen.

Natürlich haben wir Paul erst mal zum Geburtstag gratuliert und unser Geschenk überreicht.

Das war allerdings gar nicht so einfach, weil er schon zwei andere Päckchen im Arm hielt, die er gerade von den beiden Jungs bekommen hatte.

Er schien ein bisschen **aufgeregt** zu sein. Wahrscheinlich weil er **GEBURTSTAG** hatte.

Aber vielleicht auch, weil er es nicht gewohnt ist, dass so viele Leute gleichzeitig bei ihm sind.

Aber dann hätte er eben NICHT ALLE einladen dürfen!

Das hier sind Caspar und Leander aus meinem Schachclub ... und das hier Lotta und Cheyenne aus meiner Klasse

hat er uns schnell vorgestellt, wobei er sich fast verhaspelt hätte.

Aus meiner Klasse – HA!
Hat er sich etwa nicht getraut zu sagen, dass wir Freunde sind? Und dass wir sogar zusammen eine Bande haben, die WILDEN KANINCHEN?

Hallo, Lotta und Cheyenne

hat Caspar gesagt
und gegrinst.

Er hatte so struppige dunkle Haare wie Cheyennes kleiner Hund Kalle  und hat irgendwie nett ausgesehen. Und er war älter als Paul, bestimmt schon vierzehn oder so.

Siehste, das hatte ich doch gleich gewusst, dass **nicht alle** Schachspieler mit komischen Namen eingebildet sind!

Aber natürlich konnte es immer noch sein, dass diese Edda-Marie genauso hochnäsig war wie Berenike.

Wir sind ins Wohnzimmer gegangen, wo schon alle anderen zusammengesessen haben. Lothar! hat Rémi gerufen, als er mich gesehen hat, und ist vom Sessel aufgesprungen. Da hab ich ihn auch begrüßt, weil ich froh war, ihn zu sehen.

Paul hat währenddessen seine Geschenke ausgepackt. Er hat sich sehr über unsere Plasmakugel gefreut. 

Außerdem hatte er das Teleskop bekommen, das er sich gewünscht hat, und ein paar Bücher und so was.

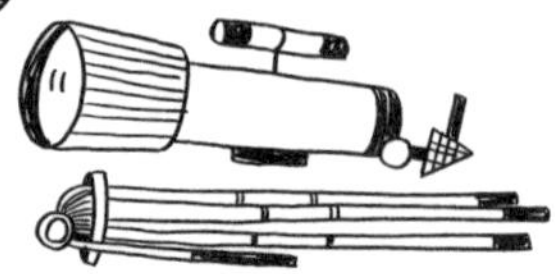

So, und jetzt gibt's erst mal Kuchen!

hat Pauls Mutter dann gerufen.

Und da haben wir uns alle an den Tisch gesetzt und selbst gebackenen Zitronenkuchen gegessen, weil Paul den am liebsten mag. Und so Kekse  mit Marmelade in der Mitte.

Paul hat begeistert von seinem neuen Teleskop erzählt und was er alles damit vorhat — bis

Edda-Marie sich einen Keks genommen hat

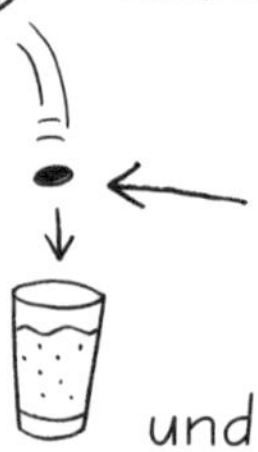

und die Marmelade rausgefallen

und in Caspars Saftglas geplumpst ist.

Ungefähr eine Sekunde lang war es still –
dann haben wir alle losgeprustet vor Lachen.

HAHAHA! HAHAHA!

Und da hat sie sich den Keks ohne Marmelade vors Auge gehalten und streng durchs Loch geguckt.

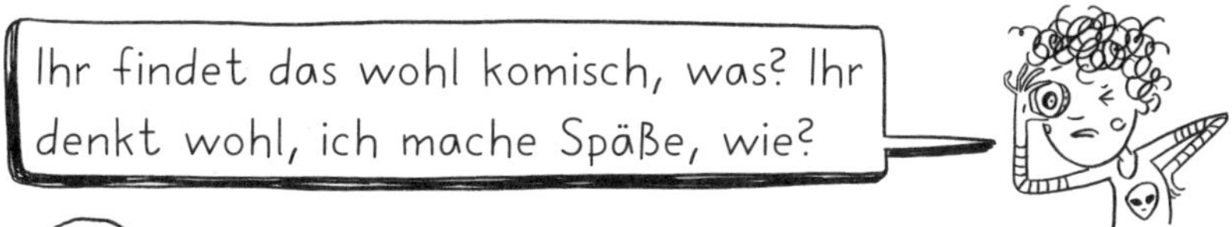

Natürlich mussten wir noch mehr lachen.

HAHAHAHAHA! HAHAHA HAHA! HA HAHA HAHA

Anschließend haben Edda-Marie und Caspar angefangen, **lustige Geschichten** zu erzählen von Dingen, die ihnen mal passiert sind. Und ich hab angefangen zu überlegen, ob ich vielleicht Schach lernen sollte. Weil das bestimmt Spaß macht mit den beiden zusammen.
Und mit Paul und Rémi.

Nach dem Kuchen sind wir aber erst mal zur **Sternwarte** gefahren, mit zwei Autos.

Pauls Vater war auch dabei. Ich hab ihn noch nicht sehr oft gesehen, weil er meistens arbeitet, wenn ich Paul besuche. Aber heute hatte er sich freigenommen.

Paul, Cheyenne, Rémi und ich sind in seinem Auto mitgefahren und die anderen in dem von Pauls Mutter.

Die **Sternwarte** ist gleich in der nächsten Stadt, deshalb waren wir nur so ungefähr zwanzig Minuten unterwegs.

Paul war ganz **aufgeregt**, als wir auf dem Parkplatz ausgestiegen und auf das Gebäude zugegangen sind.

Natürlich mussten wir HAHA lachen und ich hab ihn von der Seite angeguckt. Weil ich ihn echt lustig und nett fand.

Da hat sich Rémi zwischen uns geschoben.

Wieder haben alle gelacht, obwohl ich nicht wusste, ob er das nicht eventuell ernst gemeint hatte.

Und dann sind wir reingegangen.

Als Erstes sind wir in so einen großen Vorraum gekommen, der war kreisrund mit Säulen an den Seiten und einer Kasse am Ende. Hinter den Säulen hat es bläulich geleuchtet, so weltallmäßig. Außerdem war leise **MUSIK** zu hören, die irgendwie total **außerirdisch** geklungen hat.

Da hab ich voll die **GÄNSEHAUT** gekriegt.

Wow! hat Cheyenne neben mir gerufen.

Ich hab mich zu ihr gedreht und gesehen, dass sie nach oben geguckt hat. Da hab ich natürlich auch hochgeschaut.

Die Decke über uns war gewölbt und mit einem riesigen Bild bemalt. Man konnte Tiere und Sterne sehen und dann standen da Namen wie Großer Bär, Jungfrau und Kassiopeia.

„Sternzeichen!“, hat Cheyenne begeistert gerufen.

Wo ist denn der Skorpion? Weil, ich bin nämlich Skorpion.

Neben dem Schlangenträger

hat Paul gesagt und zur anderen Seite der Decke rübergezeigt.

Aber da hat Cheyenne die Arme in die Seiten gestemmt und Paul voll kopfschüttelig angeguckt.

Schlangenträger, so'n Quatsch. Du hast ja echt gar keine Ahnung von Sternzeichen, Paul!

Danach haben wir erst mal einen Rundgang gemacht. Wir sind aber nicht alle zusammengelaufen, sondern in kleinen Gruppen. Deshalb hab ich mich zwischendurch immer mal wieder umgedreht, um zu gucken, wo Caspar ist.

Und zwar weil er mit Edda-Marie unterwegs war.

Und Paul lief neben Leander her.

Worüber sich die beiden wohl unterhalten haben? Paul und Leander, meine ich. Ich glaub nämlich, dass Leander überhaupt nicht sprechen kann. Jedenfalls hatte er bisher noch nichts gesagt.

Ich hab den Rundgang natürlich mit Cheyenne zusammen gemacht und auch mit Rémi.

Wir sind an so interaktiven Tafeln vorbeigekommen, wo man was über die Sterne lernen konnte.

Das hat Spaß gemacht. Immer wenn man auf einen Knopf gedrückt hat, ist was passiert.

Flug zum Saturn hat Rémi vorgelesen und da hat Cheyenne Hä? gemacht.

Ich hab gelacht und dann haben wir was entdeckt, was ausgesehen hat wie ein **Nilpferd**. Zumindest von hinten.

Von vorne war es allerdings ein Kalb in einem Astronautenanzug. Natürlich kein echtes.

Da hat Cheyenne wieder Hä? gemacht.

Wieso steht hier eine Kuh mit Raumfahrersachen an?

Das ist das Mondkalb hab ich ihr kichernd erklärt.

Und warum glotzt das so blöd?

Jetzt hat sich Rémi eingemischt.

Das ist erste Kuh, die geflogen ist ssu Mars.

Ich glaub, er wollte auch einen Witz machen.

Cheyenne hat aber nicht ausgesehen, als ob sie das komisch fand.

Wie kann man denn zu Mars fliegen?

Na, ssu Planet Mars.

Jetzt hat Rémi fast schon ein bisschen verzweifelt geguckt.

Mann, Rémi, echt! Cheyenne hat gestöhnt und die Augen ◯ ◯ verdreht.

Mars ist ein Schokoriegel! Es gibt doch auch keine Planeten, die Snickers heißen ... oder Bounty.

Dann hat sie sich zur nächsten interaktiven Tafel umgedreht. Guck mal, hier gibt's was über Sternzeichen … ha! Da ist der Skorpion! ♏ Was für ein Sternzeichen bist du eigentlich, Rémi?

Schabracken-Tapir hab ich schnell gesagt, bevor er antworten konnte, und da hat er gelacht.

Es hat voll Spaß gemacht im **PLANETARIUM** aber das Beste kam ja noch:

Die FULLDOME-SHOW!

Dazu sind wir in einen Raum gegangen, der ausgesehen hat wie ein Kinosaal. Nur dass die **Stühle im Kreis** standen →

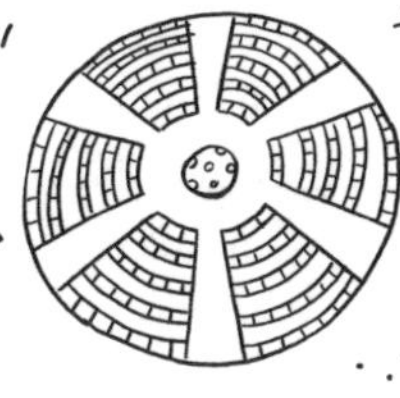

und man nach oben geguckt hat. Wo sonst die Decke ist, war eine **riesige Kuppel.** Im ganzen Raum war es ein bisschen dunkel, so bläulich und lila, mit wabernden Lichtern, und oben haben Tausende von Sternen geglitzert.

Auch hier hat wieder die leise, **außerirdische Musik** gespielt.

„Ooooh!", haben wir alle gemacht, wie an Silvester, wenn man eine Rakete abschießt. Dann durften wir uns einen Platz suchen. Caspar hat sich neben Edda-Marie gesetzt und ich hab mich neben Caspar gesetzt und Rémi hat sich neben mich gesetzt.

Ey, mach mal Platz! hat Cheyenne da gerufen und Rémi einen Platz weiter gescheucht, damit sie neben mir sitzen konnte.

Allerdings haben wir mehr gelegen als gesessen. Weil wir ja nach oben gucken mussten, in die Sterne. Und dann ging der Film los. Er war voll lehrreich und mit echt guten 3-D-Effekten und so. Aber vor allem war er **megaspannend!** So als ob man selbst in den Weltraum fliegt. Und ganz anders als bei ***PROXI.***

Mir war voll **gluckerig** im Bauch, weil sich der Film angefühlt hat, als würde man auf eine furchtbar weite Reise gehen ...

- Ganz früher haben die Leute gedacht, dass sich die Sonne und auch **alles andere um die Erde dreht.**

- Dann haben sie rausgefunden, dass sich die Erde und **alle Planeten um die Sonne drehen.**

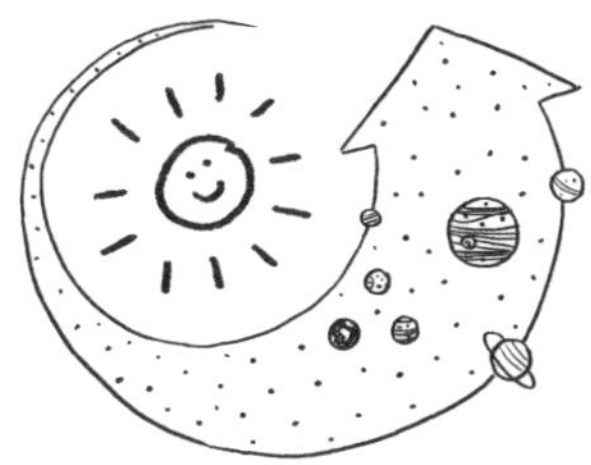

- Und inzwischen wissen sie, dass die **Sonne nur ein winziger Stern** mitten in der Galaxie ist ...

- ... und dass unsere Galaxie, die Milchstraße, auch nur **eine von unendlich vielen** im Universum ist.

Boah, das war so was von cool!
Weil man ja eigentlich immer das Gefühl hat, dass die Erde ganz schön groß ist. Dabei ist sie nicht mehr als ein Krümel im Weltall ...

Wir haben alle ganz ergriffen geschwiegen, als die Show vorbei war. Auch Paul, obwohl er das Ganze wahrscheinlich schon vorher gewusst hatte.

Erst als wir wieder in der Eingangshalle standen, hat er angefangen zu erzählen, dass er vorhat, mit seinem neuen Teleskop einen unbekannten Planeten oder Kometen zu entdecken, dem er dann seinen Namen geben will.

hat Edda-Marie gefragt.

HA! HA!
HAHAHA

Da haben wir wieder gelacht, aber nicht mehr so laut wie vorher, und zwar weil wir noch immer voll beeindruckt waren.

In dem Moment ist mir noch was anderes eingefallen.

Wenn es so wahnsinnig viele Sterne und Planeten gibt – was ist dann eigentlich mit **Außerirdischen?** Gibt es die auch?

Und da hat sich Leander zu mir umgedreht. Ausgerechnet Leander, der bisher überhaupt noch gar nichts gesagt hatte.

Du hast es doch gehört. Allein in der Milchstraße gibt es zwischen zwei- und vierhundert Milliarden Sterne und unsere Galaxie ist wiederum nur eine von mehr als hundert Milliarden im sichtbaren Universum. Also was glaubst du?

Da hab ich nichts mehr gesagt.
Mir war nur so **FRÖSTELIG** am Rücken.

Und dann hab ich gemurmelt:

Ich will zu Hause.

Bevor wir aber nach Hause gefahren sind, hat Paul noch was **TOLLES** entdeckt.

Und zwar ein **PLAKAT**, auf dem stand:

GROSSER SCHÜLER-WETTBEWERB

Langeweile in den Herbstferien?
Dann nehmt an unserem Wettbewerb zum Thema Das Weltall teil!

Ihr könnt malen, basteln, ein Lied schreiben …
Eurer Kreativität sind keine Grenzen gesetzt.

Zu gewinnen gibt es eine **Jahreskarte** fürs **PEUERBACH-PLANETARIUM** und die große **Ptolemäus-Pizza** für euch und eure drei besten Freunde!

Einsendeschluss: Montag, der 18. Oktober

Wow, klasse, da mache ich mit! Ich habe auch schon eine gute Idee …

hat Paul glücklich gerufen, und seine Augen haben geleuchtet.

Da hab ich mich voll für ihn gefreut. Ich glaub, für ihn war es ein richtig schöner Geburtstag!

MITTWOCH, DER 6. OKTOBER

Heute ist Cheyenne tatsächlich mit ihrer Mami, Chanell und Otmar in den Harz gefahren. Bis Sonntag. Und dabei hatte ich mich doch so auf die Herbstferien mit ihr zusammen gefreut.

Voll unfair!

Stattdessen muss ich mir jetzt fast eine Woche lang überlegen, was ich **ohne sie** machen soll.

- Pfannkuchen braten?

- Schach spielen lernen?

- Mit meinem Lieblingshund **ANTON** Gassi gehen?
- Ein Bild von ***PROXI*** malen? **NÖ** ...
- Mit meinem Handy (und Heesters) einen ***PROXI***-Film drehen?

- Bei Frau Kackert anrufen und mit verstellter Stimme sagen, dass ihr Klavier morgen geliefert wird?

Als Erstes hab ich versucht, auf meiner Blockflöte etwas **außerirdische Weltraummusik** zu spielen,

aber das hat sich so **GRUSELIG** angehört, dass ich es lieber wieder gelassen hab. 

Dann hab ich mich an die Jungs range-schlichen, die in ihrem Zimmer waren.

Ich hab mich hinter der Tür versteckt, die ein bisschen offen stand, und geraunt:

Proxi will zu Hause.

Aber da hat Jakob Hau bloß ab, Lotta gesagt

und Simon hat die Zimmertür zugeknallt.  **Menno.**

Genau in dem Moment musste ich wieder an den Wettbewerb von der Sternwarte denken. **Langeweile in den Herbstferien?** Und ob!

Aber vielleicht könnte ich ja auch daran teilnehmen und diese Tolle-Mäuse-Pizza gewinnen, für **DIE WILDEN KANINCHEN!**

Da mir außer **GRUSELIGER WELTRAUMMUSIK** allerdings nichts für den Wettbewerb eingefallen ist, hab ich beschlossen, Paul zu besuchen.

Vielleicht war ja auch Caspar zufällig gerade bei ihm.

Schnell hab ich meine Blockflöte in den Ärmel gesteckt.

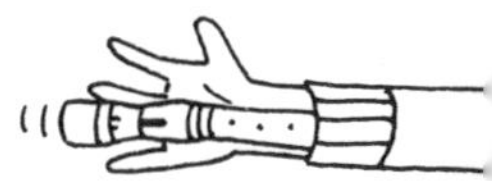

Aber dann hab ich sie wieder rausgezogen und auf meinen Schreibtisch gelegt, weil die mir momentan irgendwie zu **GRUSELIG** ist.

Danach bin ich losgelaufen.

Nur ungefähr fünf Minuten später dann hab ich bei Paul zu Hause geklingelt.

Seine Mutter hat die Tür geöffnet und gesagt, dass Paul mit Rémi im Baumhaus ist.

Und dass die beiden bereits an ihrem Beitrag für den **WETTBEWERB** arbeiten.

Da hab ich mich ein bisschen beeilt, damit ich noch mitmachen kann.

Lothar! hat Rémi begeistert gerufen, als ich die Strickleiter raufgeklettert bin. Er hat mir eine Hand entgegengestreckt, um mir hochzuhelfen.

Und als ich dann oben war, hat er mir irgendwas gezeigt, das wie ein **Brötchen** ausgesehen hat.

Das Brötchen war allerdings kugelrund und aus Pappmaschee und die knusprige Farbe bloß aufgemalt.

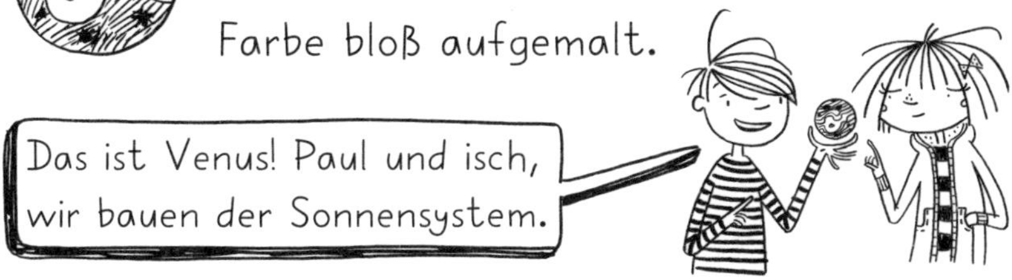

Auf der Holzkiste im Baumhaus lag schon eine graue Kugel, die etwas kleiner war als ein Tischtennisball, und daneben eine Rolle dünner Draht. Außerdem hatte Paul sein neues Teleskop aufgebaut. Es war ziemlich groß, stand auf einem Stativ und hat aus dem Fenster rausgeguckt.

hat Paul ziemlich zufrieden gesagt.

Also, das war ja mal eine **gute Idee!**

Toll! hab ich gerufen.
Kann ich da mitmachen?

Mir war nämlich sofort klar: Wenn ich das Sonnensystem zusammen mit Paul und Rémi in der Schule vorstelle, bekomme ich vielleicht im nächsten Zeugnis keine Fünf in Physik.

Doch Paul hat den Kopf geschüttelt.

Nein, danke. Wir haben alles durchgeplant und die Planeten schon unter uns aufgeteilt.

Mann, Paul!

Aber du kriegst doch sowieso eine Eins bei Herrn Bohring! Auch ohne Sonnensystem! Deshalb lohnt sich das Ganze viel mehr, wenn ich auch mit dabei bin.

Da hat Paul so getan, als würde er überlegen. Während er gleichzeitig so ausgesehen hat, als wollte er **nicht gern** mit mir zusammenarbeiten.

EINER FÜR ALLE UND ALLE FÜR EINEN! hab ich gesagt.

Ja, aber das hier ist **kein** WILDE-KANINCHEN-PROJEKT. Das hier ist Physik. Und ich glaube, du hast eher andere Talente hat er erklärt.

Also, da bin ich echt ein bisschen [redacted]STINKIG geworden!

Aber bevor ich was sagen konnte, hat Rémi versucht, mir zu helfen.

Vielleischt, Lothar kann machen Mond, kleine, kügelige Mond für Erde.

Ich hab ihn dankbar angeguckt, aber Paul sah nicht so begeistert aus. Ich habe eine noch bessere Idee: Du kannst den Kleister anrühren und das Zeitungspapier in kleine Schnipsel reißen. Fürs Pappmaschee.

MENNO. Dazu hatte ich ja gar keine Lust, aber er hat gesagt, dass das **eine wichtige Aufgabe ist.**

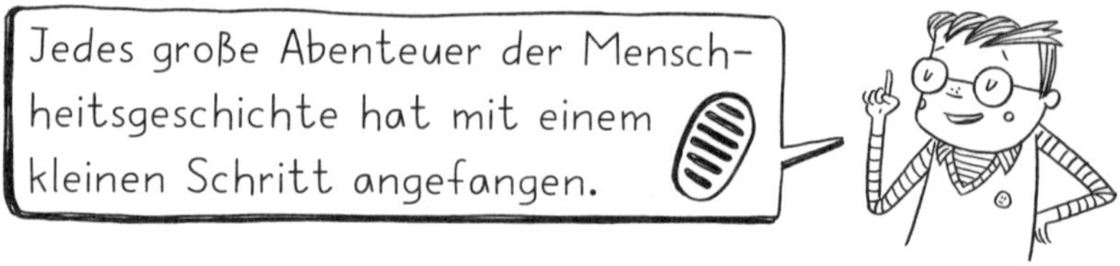

Und da hab ich an meine Physiknote gedacht 

und die Zähne zusammengebissen.

Danach hab ich Kleister angerührt

und Zeitungen klein gerissen.

Leider haben schon nach wenigen Minuten lauter Papierschnipsel an meinen Fingern geklebt und an meinen Klamotten und auch in den Haaren.

Ich hab versucht, sie abzuzupfen, aber irgendwie wurden es dadurch nur immer mehr Schnipsel statt weniger.

Das hat mich voll **WUSCHIG** gemacht!

Menno! Ich möchte doch lieber den Mond basteln hab ich gemeckert, aber da hat Paul erklärt, dass **alle** Himmelskörper

← kugelrund werden müssen und nicht kartoffelförmig. →

Außerdem muss der Mond die Krater an den richtigen Stellen haben und nicht einfach irgendwo. Ich glaube, das mache ich lieber selbst.

Und da hatte ich wirklich KEINE LUST mehr.

Dann bastel dein blödes Sonnensystem doch alleine! hab ich geschimpft.

Ich mach lieber **mein eigenes Projekt**. Und dann werden wir ja sehen, wer die Pizza gewinnt – und **mit WEM ich sie teile!**

Vergeblich hab ich versucht, die klebrigen Zeitungsschnipsel mit einem alten Lappen abzuwischen, den ich auf dem Boden gefunden hab.

ICH WOLLTE SO SCHNELL WIE MÖGLICH WIEDER WEG VON HIER!

Das hat Rémi wohl gemerkt, denn er ist aufgesprungen.

Lothar! hat er gerufen.

Aber morgen, du kommst wieder 'ier! Morgen der Wetter wird schöne 'immel, und Abend, wir schauen in Teleskop von Paul und sehen Mond, Planete und Sterne!

Ich war immer noch **sauer**, aber dann hat Rémi

Biete gesagt und da hab ich schließlich genickt.

Okay. Aber nur, wenn ich morgen Abend zufällig nichts Besseres zu tun hab.

Und dann bin ich gegangen. Fast wären meine Hände an der Strickleiter festgeklebt.

DONNERSTAG, DER 7. OKTOBER

Heute Nachmittag hatte ich gerade mit **meinem eigenen Astronomieprojekt** angefangen, als Cheyenne angerufen hat.

Oh Mann, ey, Lotta hat sie mir ins Ohr gestöhnt. Das ist sowas von langweilig hier im Harz. Otmars Schwester Bea hat nicht mal Netflix, immer will sie nur raus in die Natur. Morgen möchte sie uns den **BROCKEN** zeigen ...
Das klingt ja so was von **EKLIG**, ich will gar nicht wissen, was das ist ...

Oh nee, du Arme! Das war ja echt übel.

Aber ohne dich ist es hier auch total l a n g w e i l i g. Und Paul ist gerade **voll blöd**, deshalb hab ich jetzt mit meinem eigenen **Astronomieprojekt** angefangen. Für diesen komischen **WETTBEWERB**. Und zwar mach ich was über **Außerirdische**. Weil das viel interessanter ist als das blöde Sonnensystem. **Ha!**

Cool.

Also, ich würd ja was über Sternzeichen machen. Hier ist es nämlich so öde, dass ich ein paar Horoskope erstellt hab. Zum Beispiel für dich und Rémi. Und weißt du, was, Lotta? Ihr passt voll gut zusammen!

Quatsch! Irgendwie gefiel mir der Verlauf des Gesprächs mit einem Mal nicht mehr so besonders. Ich wollte das Thema lieber wieder auf **ALIENS** lenken, aber Cheyenne hat schon weitergeredet.

Doch, das stimmt. Die Sterne lügen nie! Aber weißt du, was ich noch rausgefunden hab? Das mit Mami und Otmar, also ... das ist bald schon wieder vorbei ... weil, Steinbock und Tapir, das geht gar nicht!

Was? Jetzt hab ich mich fast verschluckt, weil ich so lachen musste.

Wer von den beiden ist denn Tapir?

HAHAHAHA!

Ach nee, da hab ich was verwechselt. Ich mein doch Widder. Mami ist Widder und Otmar Steinbock.

Cheyenne hat auch gekichert ... hihihi

… dann ist sie wieder ernst geworden.

Leider machen die bald schon wieder Schluss, sagen die Sterne. Das ist voll schade für Mami. Wo sie doch so verknallt ist. Sie hat tief geseufzt.

Und da hab ich wirklich lieber das Thema gewechselt, um von **Außerirdischen** zu erzählen.

Doch bereits nach dem ersten Satz hat Cheyenne mich wieder unterbrochen.

Ich hab mal im Fernsehen eine Sendung gesehen, da hat ein Außerirdischer die Katze von einer Familie aufgegessen hat sie behauptet. Und das ist in echt passiert! Wenn du die Geschichte für dein Wettbewerbsdings haben willst, dann darfst du das.

Da hab ich mich bei ihr bedankt. Auch wenn ich beschlossen hab, nichts von der Katze in meinem Projekt zu erwähnen.

Nachdem wir fertig telefoniert hatten, hab ich auf meinem Handy weitergegoogelt. Im Internet findet man nämlich nicht nur komische Tiere und so, sondern auch voll viele andere Informationen.

Zum Beispiel über **Außerirdische!**

Irgendwann hab ich dann genau das Richtige entdeckt: einen Bericht auf einer Webseite, die www.garantiert-nichts-als-die-reine-wahrheit.de hieß: ***FÜNF BEWEISE FÜR ALIENS:***

1. Schon in der Bibel wird ein fliegendes Feuerrad beschrieben, aus dem **Wesen** mit vier Armen gestiegen sind!

2. In einem Grab in Hinter-Absurdistan hat man sieben kleine **Skelette** mit großen, spitzen Köpfen entdeckt – und außerdem eine **Frisbeescheibe** aus einem Metall, das es auf der Erde nicht gibt!

3. Im Kopf des amerikanischen Präsidenten Fillard Millmore (1800–1874) hat man nach seinem Tod einen **Mikrochip** gefunden. Und im Kopf seines Hundes „Boffer" auch! Dabei gab es damals noch gar keine Mikrochips!!!

4. Die Astronautin Mandarine Plum hat im Weltall mit eigenen Augen **UFOS** gesehen!

5. Der Holzfäller Wladimir Glupo ist 1947 im Wald **von Außerirdischen entführt** worden. Sie haben ihn drei Tage lang gefangen gehalten und wissenschaftliche Experimente mit ihm durchgeführt!

Also, ganz ehrlich, als ich all das gelesen hab, ist mir voll **KODDERIG** im Bauch geworden … Ich hab mich gar nicht mehr getraut, überhaupt aus meinem Fenster zu gucken.

Wie gern hätte ich in diesem Moment meinen Lieblingshund ANTON aus dem Tierheim bei mir gehabt. Dann hätte ich mich ein bisschen an ihn kuscheln können –

und hätte gleichzeitig gewusst, dass er nicht genau in diesem Moment von **ALIENS** entführt wird, die ihm einen **MIKROCHIP** einbauen wollen!

Noch besser wäre es natürlich gewesen, wenn Cheyenne jetzt hier gewesen wäre. Selbst wenn sie die ganze Zeit nur über Horoskope gesprochen hätte. *blablabla blabla*

Doch statt Anton oder Cheyenne hockte nur unsere Schildkröte Heesters neben mir auf dem Teppich.

Keine Ahnung, wie der mal wieder in mein Zimmer gekommen ist.

Natürlich hatte er den Kopf und die Beine im Panzer versteckt, wie immer.

Ich hab ihn ein bisschen gestreichelt, aber das ist nicht das Gleiche, wie einen Hund zu knuddeln. 

Heesters hat sich nämlich ganz **KALT** und **gnubbelig** angefühlt ... genauso, wie **PROXIS** Kopf ausgesehen hat.

Wenn die **Außerirdischen** bereits auf der **Erde** waren ...

waren sie dann auch schon **hier**, bei uns?

In unserem HAUS?

War Heesters vielleicht eine **außerirdische Schildkröte**, die zu uns geschickt worden ist, um uns auszuspionieren?

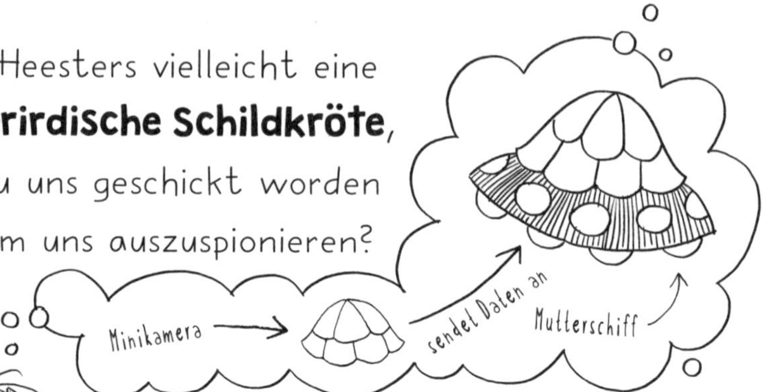

Schnell hab ich meine Hand weggezogen und ihn misstrauisch angestarrt.

Dann ist mein Blick auf meine **indische** Blockflöte gefallen, die komischerweise auf meinem Bett lag ... **wo ich sie gar NICHT hingelegt hatte.**

Meine angeblich **indische** Blockflöte, die immer so **GRUSELIGE** Töne

von sich gibt **...**

Ich bin aufgesprungen und rückwärts aus meinem Zimmer gestolpert.

Hier konnte ich NICHT EINE SEKUNDE länger bleiben!

Ich musste ...

… ich musste … sofort zu **PAUL.**
Wenn mir einer helfen konnte, **dann er!**

Als ich nur wenige Minuten später bei ihm angekommen bin, war er wieder mit Rémi im Baumhaus. Oder vielleicht auch immer noch.

Die beiden hatten inzwischen die **Erde** gebaut, die blau und grün war und viel hübscher als Merkur und Venus zusammen.

Und außerdem den **Mond**,

der nicht größer war als eine Kirsche.

 **Voll niedlich!**

Als Nächstes ist der Mars dran – aber wenn du uns wirklich helfen möchtest, dann kannst du schon mal eine Zeitung für den Jupiter zerreißen. Allerdings in viel größere Streifen, der Jupiter ist nämlich riesig

hat Paul mir sofort erklärt und mit den Händen etwas gezeigt, was ungefähr so groß war wie unser Fernseher.

Da hab ich ihm erst mal erklärt, dass er seine blöden Zeitungen allein zerreißen kann. 

Paul und Rémi haben ziemlich interessiert ausgesehen. Deshalb hab ich sie erst mal ein bisschen zappeln lassen.

Aber dann hat Rémi mich so **neckisch** angestupst, an der Schulter. Was machst du für Wettbewerb? hat er gefragt und gegrinst.

Ich beschäftige mich mit **Außerirdischen** hab ich da ganz fachmännisch erklärt.

Weil: Wenn es so schrecklich viele andere Sterne und Planeten gibt, dann gibt es irgendwo bestimmt auch **ALIENS**.

Dabei hab ich Paul ein bisschen fragend angeguckt, weil mir mit einem Mal wieder dieser **GRUSELIGE** Internetartikel eingefallen ist. Und vielleicht würde Paul gleich einen Vortrag darüber halten, dass das **alles nur Unsinn** war. Fast hab ich es gehofft.

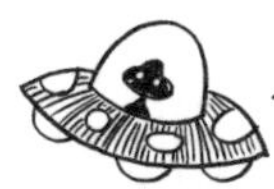

Doch stattdessen hat er genickt.

Er hat sogar seine Brille abgenommen und an einem Hemdzipfel geputzt, bevor er ganz begeistert erzählt hat:

Die Wissenschaft entdeckt immer mehr Exoplaneten außerhalb unseres Sonnensystems – und wird dabei auch immer mehr erdähnliche Planeten finden, auf denen Leben möglich ist. In den nächsten Jahren wird auf dem Gebiet ganz viel passieren.

Proxima Centauri b hat Rémi gesagt und ebenfalls genickt.

Dabei war **PROXI, der Außerirdische** ja nur ein Film.

Das hab ich Rémi aber nicht gesagt, weil mir plötzlich **VOLL KOMISCH** zumute war beim Gedanken an **Außerirdische**, die irgendwo auf ihren Exoplaneten sitzen und durch ihre Periskope gucken …

Langsam wurde es draußen ein bisschen dunkel, was die Sache auch nicht gerade besser gemacht hat.

Proxi will zu Hause

hab ich gemurmelt.

Aber weil ich mich nicht getraut hab, **ALLEINE** zu gehen, hab ich lieber Zeitungen in große Streifen gerissen. Für den Jupiter.

Und als es dann irgendwann so richtig dunkel war und man immer mehr Sterne am Himmel sehen konnte, hat Paul durch sein Mikroskop geguckt, oder wie das Ding noch gleich hieß. Behutsam hat er an ein paar Rädchen gedreht, obwohl er gleichzeitig voll **aufgeregt** und **zappelig** war. Die Venus! hat er dann gerufen.

Lotta, die musst du dir unbedingt anschauen!

Also, ehrlich gesagt war ich gar nicht so scharf darauf, die Venus zu sehen. Weil ich ja nicht wusste, was mich da oben erwartete.

Vielleicht guckten auf der Venus eventuell gerade in diesem Moment ein paar **Außerirdische** durch ihr Horoskop und entdeckten **UNS!**

Aber Paul war total begeistert. Mit glitzernden Augen hat er mich zu sich gewunken ...

Das konnte ich sogar in der Dunkelheit sehen.

Schau doch mal, Lotta! Das wird dir gefallen!

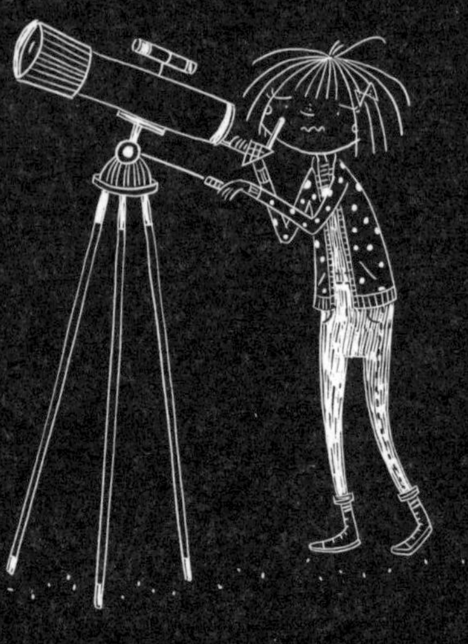

Und da bin ich rüber zu ihm gegangen, zu seinem Kaleidoskop. Kurz hab ich überlegt, mein Auge einfach ganz fest zusammenzukneifen, aber dann hab ich doch durchgeguckt, gaaanz vorsichtig ...

AAAAAAaaaaargh!!!

Ein Außerirdischer!

Ein riesengroßer!

Mit ganz vielen schwarzen,

BEHAARTEN BEINEN!!!

„Lothar!", hat Rémi erschrocken gerufen und mich an der Schulter angefasst. Und da hab ich gemerkt, dass ich ganz klein zusammengekugelt auf dem Boden vom Baumhaus gelegen hab, mit den Armen über dem Kopf. Irgendwo über mir hab ich dann wieder Pauls Stimme gehört.

Es war nur eine Spinne, Lotta ... eine winzige Spinne, die sich vor dem Objektiv befunden hat und dadurch stark vergrößert wurde. Ich hab sie jetzt entfernt. Du kannst wieder durchschauen.

Iff will aber nifft hab ich in meinen Jackenärmel gejammert.

Aber du musst, sonst, du bekommst schlimmer Albträumer in die Nacht ...

hat Rémi mir erklärt.

Ich fand gar nicht, dass ich musste. Aber ich wollte natürlich auch keine Albträume haben.

Deshalb hab ich mir von Rémi hochhelfen lassen.

Und jetzt du schauerst schöne Venus in pechschwarze, unendliche Univers...

Vielen Dank, Rémi!

Jetzt war mir gleich schon wieder **TOTAL KODDERIG** zumute!

Ich hatte voll die zitterigen Beine, als ich mich wieder dem Stethoskop genähert hab.

Eigentlich wollte ich **kein bisschen** durchgucken, aber dann hab ich mich doch dazu gezwungen. Vielleicht haben auch Paul und Rémi mich dazu gezwungen, Paul stand nämlich links von mir und Rémi rechts.

Und beide haben mich an einem Arm festgehalten.

Also hab ich tief Luft geholt und vorsichtig durchgeschaut. Und das Brötchen von gestern gesehen.

Bloß dass es diesmal nicht aus Pappmaschee war, sondern aus Planet.

hab ich gerufen,

weil die **Venus** wirklich voll schön war. Man konnte alles ziemlich deutlich erkennen, alle knusprigen Gnubbel und verbrannten Stellen.

Teleskop hat er mich verbessert, wobei er ziemlich stolz ausgesehen hat.

Anschließend hat er mir sofort noch ein paar **andere interessante Sachen** gezeigt.

- den Großen Orionnebel

- den Kugelsternhaufen M13

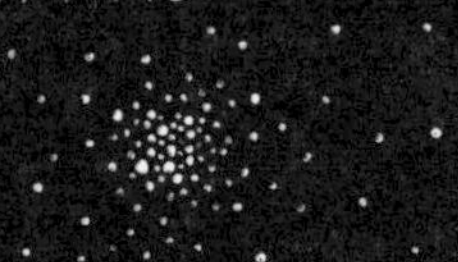

- den Saturn mit seinen Ringen

(der war aber ziemlich weit weg)

- und den Mond

Der **Mond** war gerade erst aufgegangen und voll nah dran an uns! Man konnte sogar einige Krater erkennen. Boah hab ich gemacht.

Total schön. Die Erde hat echt Glück, dass sie den Mond hat. Das ist schon was ganz Besonderes für so einen Planeten.

Der Jupiter hat neunundsiebzig Monde. So viele hat man zumindest bislang entdeckt.

hat Paul da gesagt.

Und da mochte ich nicht mehr durchs Teleskop gucken. Eigentlich wollte ich so langsam wirklich mal wieder nach Hause.

Ich hab mich bloß nicht getraut.

Es war nämlich inzwischen stockfinster und der ganze Himmel war voller Exoplaneten, Orionnebel und Kugelsternhaufen. Und auf einigen davon saßen bestimmt ein paar **Außerirdische** …

Vielleicht gab es ja sogar **ALIENS**, die so fies waren wie die **Rocker** oder die **LÄMMER-GIRLS** aus meiner Klasse und gern andere Leute ärgerten ...

... und die gerade irgendwo da draußen auf sowas wie mich **GEWARTET** haben!

Meine Beine haben sich einfach geweigert, nach Hause zu gehen. Sie wollten nicht ganz alleine laufen ...

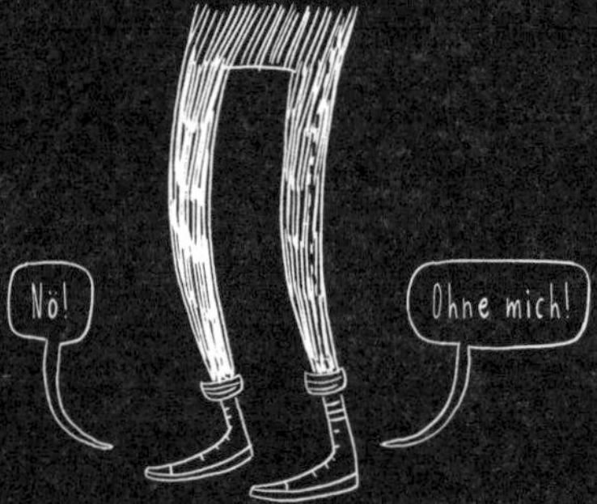

Allerdings ... wenn Paul und Rémi mich begleiten würden, dann wäre das schon was anderes. Ich wusste bloß nicht so genau, wie ich die beiden fragen sollte.

Aber dann ist mir was **Gutes** eingefallen.

Und zwar hab ich behauptet, dass ich jetzt zum Essen muss, aber in der Dunkelheit den Weg nicht finde.

Weil ich nämlich nachtblind bin. Vielleicht brauch ich bald sogar eine Brille.

Da haben Paul und Rémi beide so nett gelächelt. Obwohl sie nicht ausgesehen haben, als hätten sie mir geglaubt.

Wir bringen dich nach Hause

hat Paul erklärt und Rémi hat eifrig genickt.

Isch führe dir an Hand, so du nicht fallst.

Oh Mann, Rémi.

Und dann haben mich die beiden den ganzen Weg bis zu unserer Haustür begleitet. Zum Glück waren die Straßenlaternen hell genug, sodass Rémi dabei **nicht** meine Hand halten musste.

Die ganze Zeit haben die Jungs in den Himmel geguckt. Doch während Paul immer wieder irgendwohin gezeigt und dann solche Dinge gesagt hat wie: Das da oben ist der Polarstern

hat Rémi mir zugewispert:

Schöne Abend mit viele `iemmelskörper ist serr romantisch, du findest auch, Lothar?

Also, ich fand es vor allem schön, kurz darauf wieder zu Hause zu sein. Und dann hab ich den ganzen Abend auf dem Sofa vor dem Fernseher verbracht, zusammen mit meinen Eltern. Wir haben uns die Sendung **Bahnhöfe dieser Welt → heute: Reykjavík** angeguckt, die sehr langweilig war. Aber immerhin kamen darin **keine *ALIENS*** vor. Das wusste ich sehr zu schätzen.

FREITAG, DER 8. OKTOBER. Nachts

GAAAH! Heute Nacht hatte ich voll den **KOMISCHEN ALBTRAUM.** Ich war spätabends alleine draußen unterwegs. Und irgendwie hat sich das voll **UNHEIMLICH** angefühlt.

So als ob mich jemand verfolgt.

Im Traum hab ich mich umgedreht und gerade noch die große schwarze **SPINNE MIT DEN BEHAARTEN BEINEN** gesehen, die lautlos hinter einem Bushaltestellenhäuschen verschwunden ist.

Vor lauter **SCHRECK** bin ich aufgewacht.

Natürlich war ich sehr erleichtert, dass ich nur geträumt hatte. Doch dann hab ich gemerkt, dass ich **noch immer** alleine draußen durch die Straßen lief ...

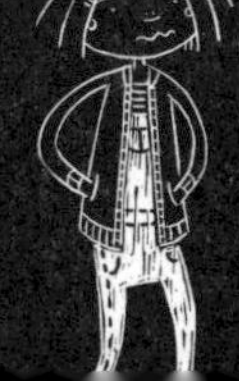

... und noch immer war es stockfinster. Und still. Bis ich plötzlich seltsame Geräusche hinter mir gehört hab, so ein Kratzen und Schaben ...

Da hab ich mich schnell wieder umgedreht und gesehen, dass das **Mondkalb** hinter mir hergeschlichen ist, im Raumfahreranzug.

Dabei hat es mich voll blöd angeglotzt.

Auf seinem Rücken saß ***PROXI*** und hat ausgesehen wie ein Blobfisch. Er hatte einen **Kugelsternhaufen** dabei und ... und ...

Und dann hat er langsam seine Flosse gehoben, um damit nach mir zu werfen!

Da bin ich schon wieder keuchend aufgewacht – diesmal zum Glück in meinem Bett. Trotzdem hat mir voll das Herz **gewummert**.

PUH! Was für ein **KOMISCHER TRAUM**, und dann auch noch ein doppelter. Ich hab tief durchgeatmet.

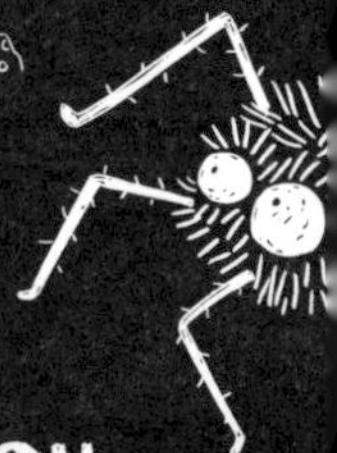

Doch plötzlich hab ich es erneut gehört → dieses KRATZEN und das SCHABEN! Und dabei war ich jetzt doch wirklich **WACH**, **ganz in echt!** Stocksteif hab ich die Luft angehalten und in die Nacht gelauscht.

Stille. Aber dann ... ein leises KRÄCHZEN ... und ein schrilles ***FIEPEN!***

Ich hab mir blitzschnell die Decke über den Kopf gezogen und ein bisschen gewimmert.

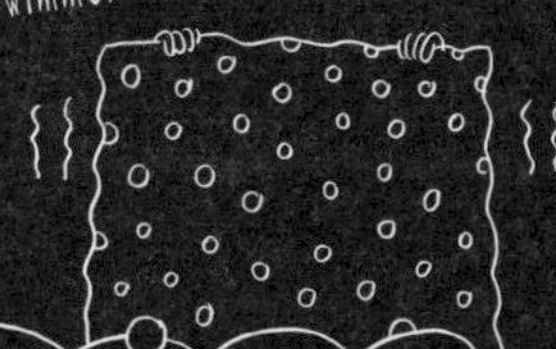

Sie waren hier. Und sie hatten es auf mich abgesehen. Sie wollten mich ausspionieren, weil ich ihnen so langsam gefährlich wurde. Ich hatte einfach schon zu viel über sie herausgefunden.

Und da hab ich einen Entschluss gefasst.

Mir blieb keine andere Wahl:
Ich musste eine ***ALIENFALLE*** bauen.

SAMSTAG, DER 9. OKTOBER

Heute Morgen musste ich als Erstes wieder an die **ALIENS** und die **FALLE** denken. Und daran, wie gern ich sie mit Cheyenne zusammen gebaut hätte. :-(Leider kommt meine allerbeste Freundin ja **erst morgen** wieder aus dem Harz zurück – und dann ist es vielleicht schon zu spät.

Denn vielleicht würden **mich** die **Außerirdischen** bereits in der **nächsten Nacht** **ENTFÜHREN**.

Aber ich hatte ein Problem:
Wie baut man eine ALIENFALLE?

Es führte kein Weg daran vorbei, → ich musste wieder zu Paul und Rémi ins Baumhaus.

Auf meine Familie konnte ich beim Thema Fallenbau nämlich nicht zählen. Und das, obwohl meine **Brüder** während des Frühstücks mal wieder über **Außerirdische** geredet haben – so wie meistens eigentlich.

Aber Jakob hat nur Blödsinn erzählt. Zum Beispiel hat er behauptet, er hätte ***PROXI*** schon mal in einem **STAR WARS**-Film gesehen.

PROXI, so 'n Quatsch! Du bist doch zu blöd, um ***PROXI*** von **BOBA FETT** zu unterscheiden! hat Simon da gerufen.

Selber fett! hat Jakob gerufen und Simon mit der Teewurst bedroht und da hat Simon ***PROXI*** will zu Hause gejammert.

Natürlich musste ich lachen, aber ich glaub, Papa fand das nicht so komisch. Er hat nämlich gesagt, dass Jakob die Wurst sofort wieder hinlegen soll, weil man nicht mit Essen spielt.

Und dann hat er mal wieder einen seiner Lehrervorträge gehalten. Über **Außerirdische** in Filmen und in Wirklichkeit. Diesmal war es aber gar nicht so langweilig wie sonst.

Es gibt zwar Anzeichen dafür, dass Leben auf anderen Planeten existieren könnte, aber dabei handelt es sich allenfalls um Bakterien und andere Mikroorganismen hat er erklärt, so mit erhobenem Zeigefinger.

Jaaa, bei uns im Sonnensystem vielleicht hab ich ihn unterbrochen und mein Herz hat gleich schon wieder ein bisschen schneller geschlagen.

Aber was ist mit den ganzen Exoplaneten, die bisher noch niemand entdeckt hat?

Da hat Papa mich voll überrascht angeguckt. Wahrscheinlich hat er gestaunt, wie gut ich mich mit dem Thema auskenne.

Keine Angst, Lotta hat er dann gesagt.

Wenn es irgendwo intelligentes Leben gäbe, also Außerirdische, die die unermesslichen Entfernungen überwinden und die Erde besuchen könnten, dann … dann hätten sie es längst getan.
Und wir hätten das längst gemerkt.

Echt? Und warum war mir dann immer noch so **KODDERIG?** Ich hätte ihm ja wirklich gern geglaubt – aber dazu hatte ich einfach schon zu viel über **ALIENS** gelesen!

Lotta hat A-hangst! hat Jakob geflötet.

Lotta ist eine Schisserin hat Simon gesummt.

Da hätte ich mir am liebsten auch sofort die Teewurst gegriffen, um sie meinen **Blödbrüdern** in den Mund zu stopfen! 

UND ZWAR SO RICHTIG BOBA FETT!

Stattdessen hab ich aber nur ganz ruhig gesagt:

Ja, noch lacht ihr. Aber wenn so ein paar **ALIENS** Füschi und Barni entführen, um ihnen die Gehirne rauszuoperieren, dann will ich euer Rumgeheule nicht hören.

Pass lieber auf dein Gehirn auf, du dämliche Flötenlotta!

hat Simon gerufen.

Aber dann hat er Jakob so unsicher angeguckt.

Füschi und Barni sind nämlich ihre absoluten Lieblingskuscheltiere, ohne die sie nicht schlafen können. Und die übrigens gar keine Gehirne haben, weil sie aus Plüsch sind.

Nach dem Frühstück hab ich erst mal überlegt, ob ich mich wieder auf den Weg zu Paul mache.

Eigentlich hatte ich nicht so besonders viel Lust dazu. Und zwar weil ich bestimmt schon wieder Papier in Streifen reißen soll.

Und dann zeigt Paul mir **gruselige Riesenspinnen**, während Rémi nur Händchen  halten will, weil er den Abendhimmel so **romantisch** findet.

Aber dann bin ich doch losgelaufen. Weil ...

* Paul und Rémi mich gestern Abend **nach Hause gebracht** haben.
* Und dabei haben sie **keine blöden Sprüche** gemacht.
* Überhaupt sind sie wahrscheinlich die einzigen Menschen auf der ganzen Welt, die mir dabei **helfen können**, eine **ALIENFALLE** zu bauen.
* Wahrscheinlich können sie so was sogar **besser** als Cheyenne.
* Außerdem sind sie **meine besten Freunde**.
* Also, **nach Cheyenne** natürlich!

 Das Wetter war noch immer so schön wie gestern Abend. Aber zum Glück war es jetzt hell, deshalb konnte man keine fernen Galaxien und Sterne am Himmel sehen. Nur die Sonne schien und war sogar richtig warm!

Deshalb hatte ich voll die gute Laune, als ich bei Paul im Garten angekommen und die Strickleiter zum Baumhaus hochgeklettert bin.

Und dann waren die beiden nicht da.

Menno. 

Etwas ratlos hab ich mich im Baumhaus umgeschaut. Überall flogen Papierschnipsel und Kleisterpackungen rum;

auf der Kiste, die auf dem Boden stand, lagen vier Planeten und ein Mond. Und eine Rolle Draht.

Da hab ich versucht, aus dem Fenster zu gucken. Aber Pauls Dingsbumskop stand davor und hat sich so breitgemacht, dass ich nicht viel sehen konnte.

Typisch! hab ich geschimpft. Ich darf den ganzen Tag Zeitungen für euch zerreißen – aber wehe, wenn ich mal Hilfe brauche ...

Ich bin die Strickleiter wieder runtergeklettert, doch ich war noch nicht ganz unten angekommen, als ich Rémi gehört hab.

Lothar! Wir sind 'ier! hat er gerufen.

Ich hab mich umgedreht und gesehen, wie er hinter einem großen Tannenbaum hervorgekommen ist. Mit beiden Armen hat er mich zu sich gewunken.

'äuslein auf Baum ist zu klein für zwei Menschen, ein Teleskop und Monsieur Jupiter hat er dann erklärt und dabei irgendwie voll stolz ausgesehen.

Und da bin ich um den Baum rumgegangen und hab den Tisch entdeckt, den die Jungs auf dem Rasen dahinter aufgebaut hatten. Auf einer Plastiktischdecke lag ein **kugeliges Drahtgestell**, das mindestens so groß war wie unser Fernseher.

Paul war gerade dabei, die Kugel mit großen Zeitungsstreifen zu tapezieren.

Schau mal, Lotta! hat er begeistert gerufen. Hättest du gedacht, dass der Jupiter → so groß ist im Vergleich zur Erde? →

Ich hab an die fünf Kügelchen auf der Kiste im Baumhaus gedacht und die Augen aufgerissen.

Äh … nee …

Der Jupiter war wirklich groß.

RIESENGROß.

So groß, dass er mich sofort wieder ein bisschen nervös gemacht hat.

Könnten da nicht vielleicht doch ... also ... **Außerirdische** leben? Ganz, ganz große **Außerirdische?** Auf der Rückseite, meine ich? Da, wo man von der Erde aus nicht hingucken kann?

hab ich vorsichtshalber nachgefragt.

Paul hat die Zeitung auf den Tisch gelegt, die er gerade zerrissen hat. Dann hat er mich angeguckt und gelächelt. Nein, Lotta hat er gesagt.

Keine Angst. Der Jupiter ist ein Gasplanet.

Aus gleiche Material wie Sonne, nur kalt

hat Rémi bestätigt.

Auch er hat so freundlich gelächelt, dass ich mir ein bisschen vorkam **wie**

Cheyennes kleine Schwester CHANELL,

wenn sie sich ein Einhorn zum Geburtstag wünscht.

Und da hab ich sofort ein bisschen **schlechte Laune** gekriegt.

Das war ja auch nur ein Witz

hab ich geknurrt.

Ist ja klar, dass es in unserem Sonnensystem keine **ALIENS** gibt. Aber ... auf ein paar Exoplaneten ... also, da wäre das schon möglich, oder?

Paul hat mit der Hand über den Jupiter gestrichen.

Theoretisch ja, praktisch wären sie aber so enorm weit von uns entfernt, dass sie keinen Kontakt aufnehmen könnten.

Aber wenn sie bereits viel weiter entwickelt wären als wir?

Paul hat erneut so väterlich geguckt.

Dann hätten sie sich längst bemerkbar gemacht. Keine Angst, Lotta ...

„Hör doch mal auf mit **„Keine Angst!"**", hab ich ihn da angefaucht. „Ich hab überhaupt keine Angst."

Es ist bloß so ... Bei mir **hat sich schon** einer bemerkbar gemacht ... Ich ... ich glaub, wenigstens ein **ALIEN** ist bereits hier, auf der Erde ... also, genauer gesagt: bei uns zu Hause.

Danach war es ein paar Sekunden lang still. Paul und Rémi haben mich nur angestarrt.

Doch dann hat Rémi angefangen, laut zu lachen. **Entschuldige mir**, hat er gejapst und sich auf die Schenkel geschlagen, HAHA:

Entschuldigung, biete, aber weißt du, was isch 'abe verstanden? Dass … dass da ist ein Alien in deine Zu'ause!

Er hat gequiekt vor Lachen, HAHA!, aber dann hat er ziemlich schnell wieder damit aufgehört.

Und zwar weil er gemerkt hat, dass Paul und ich nicht gelacht haben.

Wütend hab ich zwischen beiden ←hin- und her→ geguckt. **Wie ihr meint**, hab ich dann geschimpft.

Eigentlich wollte ich euch ja fragen, ob ihr mir dabei helft, eine ***ALIENFALLE*** zu bauen. Aber wenn das so komisch ist, dann mach ich das eben **alleine**.

Ich hab mich umgedreht und bin losgestapft.

Dabei hab ich mir fest vorgenommen, Paul und Rémi für den Rest der Herbstferien **nicht mehr zu besuchen!**

Allerdings wollten mich die beiden nicht gehen lassen. Sie haben meinen Namen gerufen und sind bis zum Ende des Gartens hinter mir hergekommen.

Lotta, bleib doch mal stehen!

hat Paul mich gebeten und da bin ich stehen geblieben. Aber ich hab mich nicht umgedreht.

Ich weiß, wovon du sprichst hat er dann gesagt.

Ich habe vor ein paar Jahren das Buch **Sie kamen von fremden Planeten** gelesen und mich anschließend fast zu Tode gegruselt, weil ich dachte, dass wir Menschen von ... ach, ist ja auch egal.

Er hat eine kleine Pause gemacht und da hab ich mich doch umgedreht.

Was?

Nein, das ist wirklich egal hat er wiederholt. Jedenfalls gibt es keinen Außerirdischen bei dir zu Hause und deshalb musst du auch keine Falle bauen.

Dass wir Menschen von ... was? hab ich beharrt.

Nichts hat Paul geantwortet.

Wissenschaftlich konnte außerirdisches Leben jedenfalls noch nicht nachgewiesen werden. Und wenn Aliens mit Raumschiffen in unsere Nähe gekommen wären, dann hätten wir ihre Radiowellen aufgefangen. Es gibt nämlich Teleskope, die genau nach so etwas suchen.

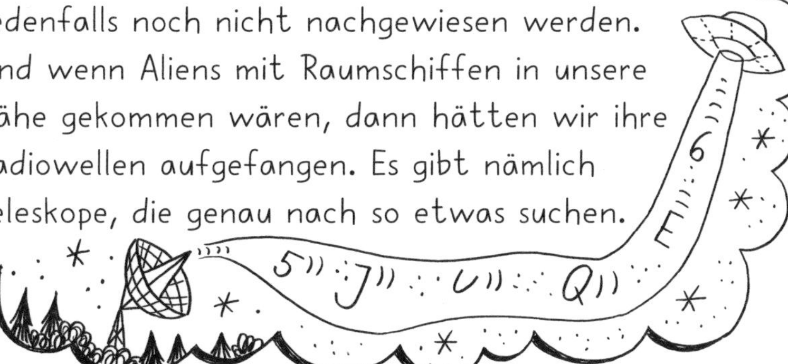

Jetzt hat sich auch Rémi wieder eingemischt.

Wow!-Signal hat er völlig zusammenhangslos gerufen und genickt.

Und da hätte ich am liebsten Schabracken-Tapir zu ihm gesagt.

Ganz ehrlich — was soll denn das immer? Wenn der ständig so einen Blödsinn dazwischenruft, rede ich wohl am besten gar nicht mehr mit ihm!

Okay hab ich stattdessen zu Paul gesagt.

Ich geh jetzt trotzdem nach Hause und mach mit meinem Projekt weiter. Dann könnt ihr in Ruhe den Jupiter bauen.

Aber Paul wollte mich nicht so einfach gehen lassen.

Lotta, ich glaube, das ist nicht gut für dich. Wenn man die falschen Artikel im Internet liest, bekommt man nämlich immer mehr Angst.

Wieder hat Rémi genickt.

Dann hat er Lügenpresse gesagt.

Ich hab ihn weiter ignoriert.

„Willst du dich vielleicht doch noch an unserem Sonnensystem beteiligen?", hat Paul gefragt.

Rémi und ich wären damit einverstanden, dass wir das Projekt zu dritt machen. Es gibt noch genug zu tun – die ganzen großen Planeten liegen ja noch vor uns.

Da hab ich so getan, als müsste ich kurz überlegen. Obwohl ich die **Idee** sofort ziemlich gut fand.

Viel besser, als allein irgendwas über **Außerirdische** zu lesen und sich dann zu **GRUSELN**.

Ich hab tief Luft geholt, um zu antworten ... „Isch 'elfe disch bauen Falle für ***ALIEN***", hat Rémi da erklärt. Schon wieder hat er genickt, diesmal ziemlich eifrig, und seine Hände in die Hosentaschen gestopft.

Damit du kein Angst mehr 'ast für falsche Wow-Radiowellen-Artikel.

Oh. Echt? Eigentlich hatte ich mich doch fast schon fürs Sonnensystem entschieden. Überrascht hab ich ihn angesehen.

Doch Paul ⊙ ⊙ hat seine Augen verdreht.

Nein, Rémi! Lotta arbeitet doch jetzt an unserem Projekt mit. **Keine Außerirdischen** mehr

hat er geschimpft.

He, Moment mal. Ich hab noch gar nicht Ja gesagt

hab ich ihm da widersprochen.

Ich mag es nämlich **überhaupt nicht**, wenn jemand einfach so was für mich bestimmt!

Da hat Paul plötzlich hektische rote Flecken am Hals gekriegt.

Aber denk doch an deine Physiknote! Glaubst du, Doktor Bohring gibt dir eine Vier für ... für **Außerirdische im Kleiderschrank?**

hat er gerufen und aufgeregt mit den Händen gefuchtelt.

Also, so langsam wurde ich echt stinkig!

Was bildete Paul sich überhaupt ein? Der wollte ja bloß, dass ich wieder irgendwelche ollen Zeitungen zerreiße!

Aber bevor ich ihm so richtig meine Meinung sagen konnte, hat Rémi einen Vorschlag gemacht.

hat Paul gefaucht, ganz beleidigt irgendwie.

Er hat seine Arme vor der Brust verschränkt und **bockig** geguckt.

Keine Ahnung, was der plötzlich hatte.

Ich fand Rémis Idee nämlich richtig gut! Auch wenn Paul wahrscheinlich recht hatte und es bei uns zu Hause gar keine **Außerirdischen** gibt ... Trotzdem ist es ja auf jeden Fall besser, das noch mal nachzuprüfen!

Danke, Rémi! hab ich gerufen. Dafür zerreiß ich morgen auch ganz viele Zeitungen, versprochen!

Ich hab gehofft, dass ich Paul damit wieder ein bisschen besänftigen kann, aber er hat nur wütend zwischen Rémi und mir ←hin- und her-→ geschaut.

Macht doch, was ihr wollt hat er schließlich geknurrt. „Ich kümmere mich jedenfalls um den Jupiter."

Und dann hat **er** sich umgedreht und ist weggestapft. Oje.  Paul war wohl ganz schön sauer.

Aber da hat Rémi mich am Ärmel gezupft.

Komm, wir gehen bauen Falle. Dann morgen, schnell wieder 'ier für großer Jupiter!

Okay ...

Als wir dann losgegangen sind, hab ich mich etwas **KOMISCH** gefühlt. Plötzlich war ich mir nicht mehr ganz so sicher, dass ich Rémis Idee wirklich gut fand ...

SAMSTAG, DER 9. OKTOBER. Nachmittags

Auf dem Weg nach Hause hatte ich voll das **SCHLECHTE GEWISSEN.** Wegen Paul natürlich.

Überhaupt waren diese ganzen Herbstferien **viel seltsamer** als sonst:

- Weil **Cheyenne nicht da** war …
- … und ich die meiste Zeit **allein mit Paul und Rémi** verbracht hab.
- Weil es vielleicht **Außerirdische** gibt …
- … eventuell sogar **in unserem Haus** …
- … und das **voll gruselig** war!
- Weil ich mich gefühlt hab, als hätte ich **Paul im Stich** gelassen.
- Und weil ich gerade **mit Rémi** zu mir **nach Hause** gegangen bin!

Ich hab mir auf die Lippe gebissen und ihn kurz von der Seite angeguckt. Dann bin ich stehen geblieben. „Rémi?", hab ich gesagt, so ein bisschen verlegen.

„Doch!", hat er gerufen und seine Augen haben in der Sonne geleuchtet wie Bernsteine.

Und dann hat er angefangen aufzuzählen, was wir alles für eine **ALIENFALLE** brauchten:

- ein großes Netz
- einige Schnüre und Drähte
- ein paar Seilrollen ?
- einen Ziegelstein
- verschiedene Süßigkeiten

Wir haben aber gar keine Netze und Seilrollen

hab ich fast erleichtert festgestellt. Ich wusste ja nicht mal, was das sein sollte ... diese merkwürdigen Seilrollen.

Aber Rémi war noch immer **total motiviert.**

Macht nischts. Wir finden andere Material bei disch zu 'ause

hat er ganz vergnügt gesagt.

In dem Moment ist mir allerdings noch was **Wichtiges** eingefallen. Wie sollte ich meiner Familie erklären, dass Rémi und ich den Nachmittag bei uns verbringen?

→ **Ganz alleine.** Ohne Cheyenne oder Paul. ←

Ich konnte ja nichts von der **ALIENFALLE** erzählen. Mama und Papa würden mir das sowieso nicht glauben – und meine **Blödbrüder** würden sich **bis zum Ende des Universums** über mich lustig machen!

Leider sind wir genau in diesem Moment vor

unserer Haustür angekommen und Rémi hat bereits geklingelt.

Also, das ging ja jetzt wirklich zu weit – immerhin ist das **mein** Zuhause! Schnell hab ich mich vor ihn gedrängelt.

Doch als meine Mutter geöffnet hat, hat Rémi sie sofort begrüßt und alles erklärt.

Guten Tag, Frau Petermann! Wie schön zu sehen. Lothar und isch wollen bauen Falle für Fangen Alien!

Natürlich für den Wettbewerb! hab ich schnell dazwischengerufen. Für die Sternwarte.

Ähm … wie bitte? Mama hat uns ganz stirnrunzelig angeguckt.

Ich glaub, sie hat gar nicht begriffen, worüber wir geredet haben. Das war meine Chance, alles noch mal von vorne zu erklären!

Du weißt doch, dieser Wettbewerb! Das Weltall! Dafür beschäftige ich mich gerade mit **Außerirdischen** und deshalb wollen wir jetzt eine … äh, eine **ALIENFALLE** bauen.

Irgendwie wurde es nicht besser.

Aber ich glaub, Mama war sowieso nicht so am Weltall interessiert. Sie hat lieber Rémi freundlich angelächelt und sich durchs Haar gestrichen.

Ach, wie schön, dass du Lotta dabei hilfst! Bleibst du eigentlich auch zum Abendessen? Was soll ich kochen – du darfst dir etwas aussuchen.

Ganz toll, Mama. Wann hast du mich eigentlich das letzte Mal gefragt, was ich essen möchte? Außerdem fand ich nicht, dass es unbedingt notwendig war, dass Rémi zum Essen bleibt.

Aber seine Augen haben geleuchtet, und er hat schnell Grützwurst mit Sauerkraut gesagt.

Es wird so was von Zeit, dass Cheyenne wieder nach Hause kommt!

Anschließend haben wir die **ALIENFALLE** gebaut.

Dazu sind wir erst mal in den Keller gegangen und dann auf unseren Dachboden.

Rémi hat viele **interessante Sachen** gefunden, von denen ich noch nicht mal wusste, dass wir sie überhaupt im Haus haben!

- ein **Glitzerkleid** mit Tüll, das Mama vielleicht vor zwanzig Jahren zum Fasching getragen hat

- eine **Angel**

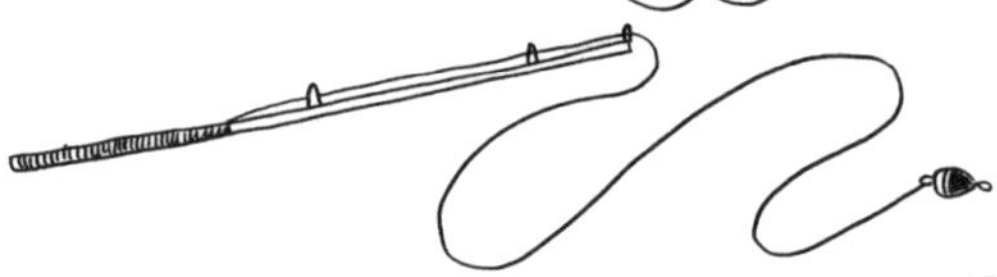

- **Angelschnur** und **Angelhaken**

- **Spanngummis**

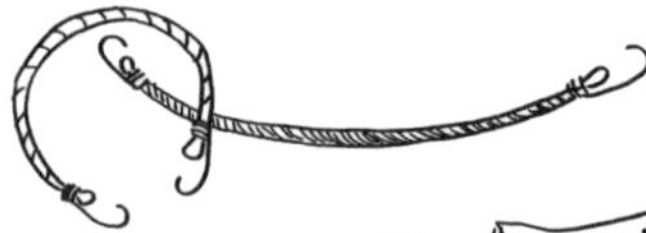

- **Marshmallows**

Pass auf, wir machen so ... hat Rémi mit leuchtenden Augen erklärt.

lölülablöl

Und dann hat er weitergeredet und ich hab nur die Hälfte verstanden.  Natürlich weil er schon wieder halb Deutsch und halb **FRANZÖSISCH** gesprochen hat und ich ja nur Deutsch kann.

Erst als wir oben im Flur vor meiner Zimmertür gestanden und die Falle wirklich zusammengebaut haben, wusste ich, wie sie funktionieren würde.  Aaah! hab ich gemacht. Voll gut!

Dann hab ich nach oben geguckt, wo das Kleid unter der Decke hing, und zwar an der Angel. Rémi hat begeistert genickt.

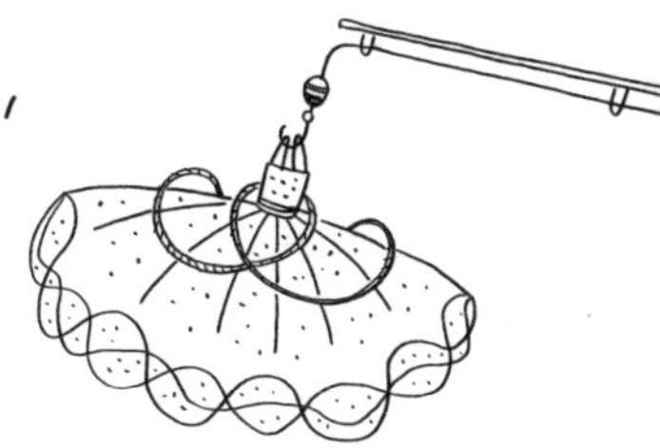

Merci! hat Rémi sich bedankt. Dann hat er mich wieder so angelächelt

und ich wusste nicht mehr, was ich mit ihm anfangen sollte. Weil die Falle ja fertig war und es bis zum Abendessen bestimmt noch eine halbe Stunde dauern würde.

Wir könnten ja noch mal zu Paul gehen hab ich deshalb vorgeschlagen.

Und gehofft, dass Rémi dann auch gleich dort bleiben würde. 

Auch wenn ich dann wahrscheinlich anschließend seine **GRÜTZWURST** mitessen müsste.

Aber er hat sowieso den Kopf geschüttelt. Nein, kein Zeit. Isch düfte schon guter Essen.

Er hat geschnuppert und da hab ich es auch gerochen. Irgend so was Gebratenes.

Isch 'abe besser Idee: Du mir spielst schöne Lied auf Flüte.

Och nö, bitte nicht. Ich hab angestrengt überlegt, was ich stattdessen vorschlagen könnte. Aber mir ist **nichts** eingefallen.

Und daher hab ich schließlich doch okay gesagt.

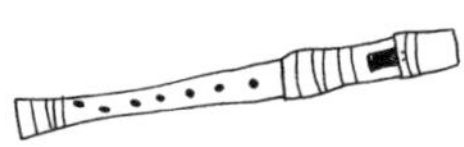

Weil Rémi wenigstens nicht versuchen kann, meine Hand zu halten, wenn ich Flöte spiele.

Vielleicht konnte ich ihn ja auch mal wieder

beschwören.

So, dass er anschließend hypnotisiert war und nur noch aus dem Fenster gucken und nichts sagen würde.

Oder

Rémi spielte selbst was auf meiner Flöte. Dann wäre er noch besser beschäftigt.

Allerdings hab ich meine Flöte nicht gefunden. Ich hab überall **dort** geguckt, wo sie sonst immer rumliegt

aber sie war mal wieder **verschwunden.**

Meine Flöte ist weg! hab ich gerufen und mich zu Rémi umgedreht.

Danach haben wir sie gemeinsam gesucht, im ganzen Zimmer, bevor wir zu Jakob und Simon rübergegangen sind.

Aber auch die beiden waren **verschwunden** und die Flöte haben wir **nirgends** gesehen.

Da ist es mir schon wieder voll **KALT** am Rücken geworden und auch überall anders.

Vielleicht hab ich gekrächzt, vielleicht haben wir ja alles falsch gemacht, mit der Falle und so. Weil es gar keinen richtigen **ALIEN** gibt … Vielleicht ist es nur meine Flöte, die **außerirdisch** ist! Und jetzt will sie sich an mir rächen, weil ich ihr auf die Spur gekommen bin!

Ich hab mich zu Rémi umgedreht, der so ausgesehen hat, als würde er nachdenken. „Vielleischt ist besser, isch schlafe bei disch in die Nacht", hat er dann erklärt. Unten auf das Sofa. Dann du bist nischt allein mit Alien. Denn was machen, wenn Alien zappelt in Falle?

Schon hatte er sein Handy aus der Tasche gezogen und hat getippt.

Isch telefoniere Maman. Sie ist sischerlisch d'accord, dass isch bleibe 'ier.

Nein! habe ich gerufen, aber es war schon zu spät. Rémi hat bereits irgendwas **FRANZÖSISCHES** ins Telefon gesagt.

larödeldiblöbagällöretüreblü

Das durfte ja wohl echt nicht wahr sein!

Allerdings wusste ich wirklich nicht, was ich tun sollte, wenn mitten in der Nacht ein ***ALIEN*** im Glitzerkleid zappelte. Selbst wenn es sich dabei nur um eine **außerirdische** Blockflöte handelte.

Rémi hat sein Handy wieder in die Hosentasche gesteckt.

Ist gebongt. Nun isch kann dir beschützen

hat er gesagt und gegrinst.

In diesem Moment hat Mama uns zum **Essen** gerufen. schluck!

SAMSTAG, DER 9. OKTOBER. Nachts

An diesem Abend konnte ich einfach nicht einschlafen. Vielleicht lag mir nur die **GRÜTZWURST** schwer im Magen … aber ich hab eher geglaubt, dass es an dem **Außerirdischen** lag.
Und ein bisschen auch an Rémi.

Dabei hatte ich extra schon meine Zimmertür abgeschlossen, damit der ***ALIEN*** nicht zu mir reinkommen konnte. Und Rémi auch nicht.

Der sollte mich schön vom Sofa aus beschützen!

Im Moment hat er wahrscheinlich sogar noch dort gesessen und mit Mama und Papa ferngesehen, irgendeinen Film.

Die Blockflötenspielerin oder so.

Schau doch mit uns! hatte Mama früher am Abend vorgeschlagen.

Du musst doch noch gar nicht ins Bett, es sind doch Ferien. Und außerdem hast du ja Besuch.

Dann hatte sie Rémi angelächelt. **„Wie schön, dass du hier übernachtest. Ich glaube, Lotta ist es momentan ziemlich langweilig, so ganz ohne Cheyenne.“**

Aber ich hatte nur gesagt, dass ich müde bin, und dann lag ich im Bett und konnte nicht schlafen.  **MennO.**

Wenn es nur schon wieder morgen wäre und ich Zeitungen zerreißen könnte …

Ich habe den Jupiter direkt schon vor mir gesehen, so breit wie unser Fernseher …

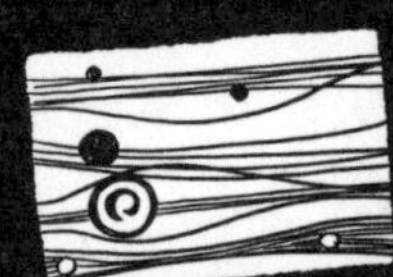

und auch so eckig …

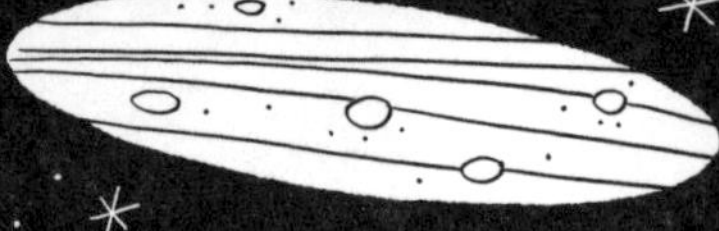

und dann noch einen Planeten von der Länge meines Fahrrads

und einen von der Größe unseres Hauses …

AAAAAAAAAAARGH!

Keuchend bin ich hochgeschreckt und hab gemerkt, dass ich wohl doch schon eingeschlafen war.

Aaah! Aua!

→ Der **ALIEN!** Er war in unsere **FALLE** gegangen!

Lotta, zum Kuckuck! Was soll das?

Ich hab die Stirn gerunzelt. Der **ALIEN** hat sich nämlich angehört wie **PAPA**.

Daher bin ich schnell aus dem Bett

gesprungen, bevor ich vorsichtig meine Tür aufgeschlossen hab.

Im selben Moment hat Mama unten an der Treppe das Licht angemacht.

Und dann war es einen kurzen Moment ganz still, bevor wir angefangen haben zu lachen:

HAHAHAHA! Hahaha! hohoho! hihihi

Mama, Rémi, meine Brüder und ich. Wir waren alle von Papas Geschrei angelockt worden.

Nur Papa fand die Situation **nicht komisch**. Er trug nämlich ein weißes Tüllkleid und war mit Spanngurten an der Wand befestigt, mit einer straff gespannten Angelschnur im Nacken.

hat er gebölkt und am Kleid gezerrt.

Nicht! hab ich gerufen. Du machst unsere **ALIENFALLE** kaputt!

Und dann hab ich schnell versucht, Papa zu befreien. Rémi hat mir geholfen. Dabei hat er versucht, nicht zu lachen. Glaub ich wenigstens. Aber das war sehr schwer, weil ich die ganze Zeit kichern musste.

Vor allem als ich gesehen hab, wie Mama Fotos von Papa im Tüllkleid gemacht hat.

Sabine, das kannst du dir wirklich sparen!

hat er geschimpft.

Anschließend wollte er die Angel von der Decke reißen. Aber das war nicht so einfach, weil er dann auch die Lampen mit runtergerissen hätte.

Lass das! Wir brauchen die ***FALLE*** noch. Für den richtigen **Außerirdischen!**

hab ich geschrien.

Papa ist ein falscher Außerirdischer!

hat Jakob gewiehert.

Ja, genau! Dafür wird er jetzt von den Borg assilimiert!

hat Simon gerufen.

Ich glaub ja, er wusste selbst nicht, was das bedeuten sollte.

Aber Papa hat sich nur umgedreht, ist wortlos ins Bad gestapft und hat die Tür hinter sich zugeknallt.

Leider ist er manchmal fast genauso humorlos wie Frau Kackert. Aber vielleicht müssen Lehrer einfach so sein.

Mama hat ihm kurz hinterhergeguckt.

Am besten gehen wir jetzt wohl alle schlafen

hat sie uns dann zugeflüstert. Allerdings hab ich genau gesehen, dass sie immer noch gegrinst hat.

Und da hat Mama fast so albern gekichert wie sonst nur Berenike und ihre blöden **LÄMMER-GIRLS**.

Als ich ein paar Minuten später wieder im Bett lag, war mir gar nicht mehr kodderig zumute. Irgendwie hatte ich überhaupt **keine Angst mehr** vor den **Außerirdischen**.

Weil ich immer Papa im Tüllkleid vor mir gesehen hab. Und dann musste ich schon wieder leise lachen. 

Es hat nicht lange gedauert, bis es im Haus ganz still war. Und auch ich war ganz still, weil ich diesmal nämlich ganz schnell eingeschlafen bin ...

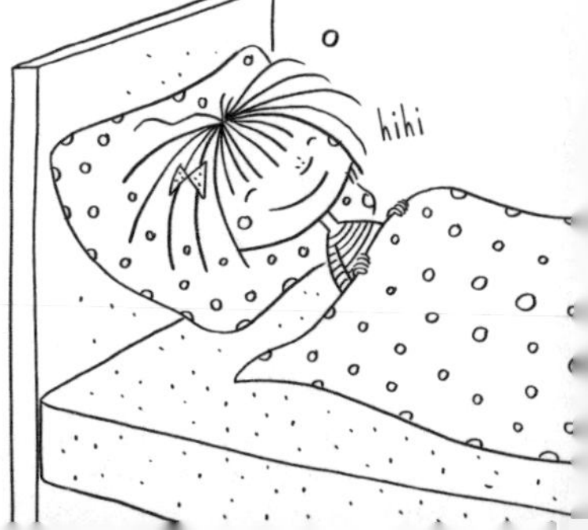

SAMSTAG, DER 9./ SONNTAG, DER 10. OKTOBER. Nachts

RUMMS! Raschel ... KLONK!

Tüüüüüt

tapp tapp tapp tapp tapp tapp tapp

AAAAAAAAAAARGH!

Es war mitten in der Nacht und stockdunkel und ich hab aufrecht im Bett gesessen, mit rasendem Herzen ...

und der G e w i s s h e i t :

DIESMAL KONNTE DAS NICHT PAPA SEIN!

Diesmal hatten wir wirklich einen **Außerirdischen** gefangen, Rémi und ich! Und der saß draußen im Flur in der Falle, genau jetzt, und hat da rumgebollert!

Ich konnte mich kaum bewegen vor **GRUSEL**, daher war ich froh, auf der Treppe Rémis Schritte zu hören.

töpp töpp töpp töpp

Allerdings hatte ich auch ein bisschen **ANGST um ihn.** Denn ich wusste ja gar nicht, um was für eine **Art von *ALIEN*** es sich handelt:

Jedenfalls konnte ich Rémi NICHT mit dem *MONSTER* ALLEIN lassen!

Deshalb bin ich mit total **SCHLABBERIGEN** Beinen aus dem Bett gerutscht und bis zur Tür gekrabbelt.

Dort hab ich erst noch mal gelauscht ...
doch jetzt war von draußen gar **nichts**
mehr zu hören, nicht das kleinste bisschen.

Plötzlich war mir noch **kodderiger** als vorher ...
Hatte der **ALIEN** Rémi etwa schon
was **SCHLIMMES** angetan?

Meine Hände haben voll gezittert,
als ich die Tür geöffnet hab.

Draußen im Flur war es stockdunkel ...
Nur ein Schatten ist ← hin und her → gehuscht.
Dann hat das Tüllkleid geraschelt ...

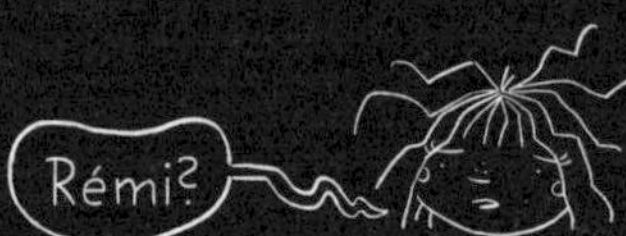

hab ich tonlos gewispert.

hat er genauso leise geantwortet.

Zum Glück!

Komm! Wir müssen freien armes, kleines Außerirdischer!

Wir hatten also wirklich einen gefangen!

Sei vorsichtig! Auch wenn er klein ist, hat er vielleicht vergiftete gelbe Zähne ... hab ich gefiept.

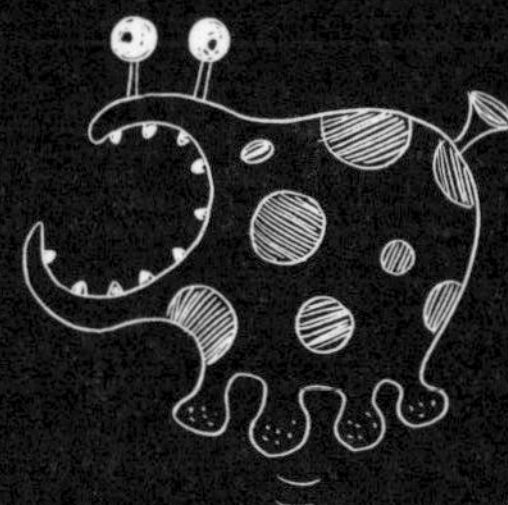

Wieder hat es in der Dunkelheit geraschelt.

Isch glaube nischt. Ist eher Schnabel. Kannst du allümieren Lischt in deine Zimmer?

hat Rémi dann wieder geflüstert.

Das war ja mal eine **gute Idee**.

Schnell hab ich das Licht angemacht. klick

Und mit einem Mal war es auch im Flur hell genug, um alles erkennen zu können.

Zum Beispiel dass Rémi gerade dabei war, **Heesters** aus dem Tüllkleid zu befreien.

Darin hatte er sich nämlich mit seinen Krallen verhakt.

Also unsere Schildkröte, nicht Rémi.

Oh Mann, Heesters!

Dann hab ich ja doch recht gehabt. Heesters ist in Wirklichkeit eine **außerirdische** Schildkröte ...

Isch glaube nischt

hat Rémi wiederholt.

Ist normal, von Erde.

Ach ja? Und warum trägt er dann so einen schwarzen Umhang wie **DARTH VADER** von **STAR WARS?** Und oben am Kragen guckt meine Blockflöte raus?

hab ich ihn gefragt.

Rémi hatte Heesters befreit. Jetzt wollte er ihn mir in den Arm drücken, aber ich bin einen Schritt zurückgewichen.

Und zwar weil ich Angst hatte, dass **Darth Heesters** vielleicht nach mir schnappt.

hat Rémi nur gesagt.

Dann hat er gelächelt und Heesters an seine Brust gedrückt, bevor er meine Blockflöte aus dem Umhang gezogen hat.

Dann hat er sich umgedreht und ist ganz leise die Treppe hinuntergelaufen, mit Heesters auf dem Arm.

Ich hab ihm hinterhergeguckt, meine Blockflöte in der Hand.

Und plötzlich fand ich es **gar nicht mehr blöd**, dass Rémi hier war und heute Nacht mit mir zusammen **Außerirdische** gejagt hatte. Ohne ihn hätte ich nämlich bestimmt noch viel mehr Angst gehabt. Auch wenn er wohl recht hatte und es wahrscheinlich nur Jakob und Simon gewesen waren, die Heesters als **ALIEN** verkleidet hatten.

Trotzdem hab ich meine Flöte lieber draußen im Flur liegen lassen, bevor ich meine Zimmertür wieder hinter mir geschlossen habe und ins Bett geschlüpft bin.

Und zwar weil sie ja vielleicht doch **außerirdisch** ist.

Und mich dann mitten in der Nacht anspringt. Man weiß ja nie.

SONNTAG, DER 10. OKTOBER

Cheyenne hat mich heute total früh angerufen. Darüber hab ich mich voll gefreut – obwohl sie mich geweckt hat. Es war nämlich noch nicht mal halb acht. Aber sie konnte nicht mehr schlafen, weil Bea so ungemütliche Kopfkissen hat.

Wie Ziegelsteine, ey!

Natürlich musste ich ihr gleich von der **ALIEN-FALLE** erzählen und davon, dass wir gestern Abend Papa gefangen hatten. Und auch Heesters  und meine Blockflöte.

Oh Mann, das ist mal wieder so typisch deine **Blödbrüder!** Das gibt ja wohl Rache, oder?

hat Cheyenne geknurrt. Klar hab ich gesagt, obwohl sie mich gerade erst auf die Idee gebracht hatte.

 Und deshalb hab ich mich sofort, nachdem wir Tschüss gesagt haben, ins Zimmer meiner **Brüder** geschlichen.

Die beiden haben noch tief und fest geschlafen.

Ich hab Füschi und Barni geklaut und bin wieder rausgeschlichen.

Dann hab ich die beiden Kuscheltiere mit ganz viel Klopapier in **MUMIEN** verwandelt und ihnen **GRUSELIGE GESICHTER** aufgemalt.

Bei Barni hab ich noch den Griff der Klobürste mit eingewickelt, sodass die oben rausgeguckt hat wie eine Keule.

Dann hab ich mich erneut zurückgeschlichen, zusammen mit Füschi, Barni und meiner **indischen** Blockflöte.

Ich hab die beiden Mumien auf die Bettdecken von Jakob und Simon gesetzt, tief Luft geholt und in meine Flöte gepustet, so **LAUT** ich konnte.

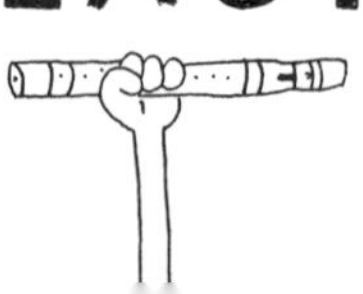

AAAAAAAAAAARGH!

Sofort haben beide hellwach in ihren Betten gesessen und mit riesigen Augen die Mumien auf den Bettdecken angestarrt.

hab ich gerufen

„Hä? Wieso Heesters?", hat Simon gefragt. Aber dann hat er einen höchst verdächtigen Blick mit Jakob getauscht.

Lotta hat so einen **SCHISS**, dass sie sogar Heesters mit einem **ALIEN** verwechselt

hat Jakob gesagt und voll verschlafen gelacht.

„Quatsch." Ich hab meine Arme in die Seiten gestemmt.

Ihr habt ja keine Ahnung. Wir haben heute Nacht nämlich einen **echten Außerirdischen** gefangen, Rémi und ich. Allerdings haben wir ihn wieder freigelassen. In eurem Zimmer.

Dann hab ich erst Füschi angeguckt und danach Barni.

An eurer Stelle würde ich das Kl... also, die Bandagen jedenfalls dranlassen. Ich möchte mir lieber nicht vorstellen, wie die beiden drunter aussehen ...

Da haben meine **Blödbrüder** noch einen Blick getauscht. Diesmal allerdings einen etwas erschrockenen.

Und ich hab meine Flöte in den Ärmel meines Schlafanzugs gesteckt, mich umgedreht und bin rausgegangen.

Zum Frühstück hatte Mama Muffins gebacken. Natürlich nur wegen Rémi. Aber das war mir egal, sie waren trotzdem voll lecker.

Papa war leider noch immer schlecht gelaunt. Und zwar weil er lieber Schwarzbrot mit Käse isst. →

Was war denn das schon wieder für ein Lärm heute Nacht? hat er so **grummelig** gefragt, als er sich Camembert

und Blauschimmelkäse aus dem Kühlschrank geholt hat.

Das war nur Lotta, die **SCHISS** vor Heesters hatte! hat Jakob gerufen, bevor ich antworten konnte.

Ja, genau! hat Simon gegackert. Weil sie eine Schildkröte nicht von einem ***ALIEN*** unterscheiden kann!

Ich glaub, die beiden brauchen dringend noch viel mehr Rache!

Ihr redet Blödsinn, wie immer.

Aber Papa hat geseufzt, als er sich an den Tisch gesetzt hat.

Lotta, liest du etwa noch immer diese Schauermärchen über Außerirdische?

Anschließend hat er den Camembert ausgepackt und es hat angefangen zu **STINKEN**.

Da haben Rémis Augen geleuchtet.

Dieses Käse ist mein Favorit!

Oh Mann, Rémi!

Das war doch nur für den **WETTBEWERB**. Von der Sternwarte

hab ich erklärt und mit den Schultern gezuckt. Aber das kapieren die beiden einfach nicht. Deshalb haben sie Heesters als **DARTH VADER** verkleidet und so getan, als sei er ein ***ALIEN***.

Lotta, wir haben dir ein Smartphone geschenkt, weil wir denken, dass du alt genug bist, um vernünftig damit umzugehen

hat Papa gesagt und gleichzeitig Rémi ein Stück vom **CAMEMBERT** angeboten.

Ich hab Papa fragend angeguckt. Was meinte er?

Es ist gut, dass du das Internet nutzt. Leider findet man dort auch viele unseriöse Seiten. Zum Beispiel über Außerirdische. Seiten, die einem Angst machen können.

Ich hab keine Angst.

Ha, ha! Lotta hat A-hangst!

haben meine **BrüDer** gewiehert.

Füschi und Barni!

hab ich gezischt.

„**Lotta.**" Oje. Offensichtlich war Papa noch nicht fertig mit seinem Lehrervortrag.

Man findet im Internet allerdings auch sehr viel Interessantes und Informatives. Warum, zum Beispiel, beschäftigst du dich für diesen Wettbewerb nicht einfach mit unserem Sonnensystem?

„Wenn du willst, bringe ich dir die Namen unserer neun Planeten bei. Es gibt da einen großartigen Merksatz: **M**ein **V**ater **e**rklärt **m**ir **j**eden **S**onntag **u**nsere **n**eun **P**laneten."

Jetzt hat er voll begeistert ausgesehen.

Verstehst du? Die Anfangsbuchstaben: **M**erkur, **V**enus, **E**rde, **M**ars, **J**upiter, **S**aturn, **U**ranus, **N**eptun, **P**luto.

Acht hat Rémi genuschelt. Und zwar weil er den Mund voll hatte. Wahrscheinlich mit Camembert.

Sind nur geblieben acht Planete. Pluto ist Zwergplanet. Seit zweitausendsechs.

Papa hat ihn überrascht angeguckt.

Mein Vater erklärt mir jeden Sonntag unsere neun ... Punkt

hab ich gesagt und gekichert.

Da hat Papa gleich wieder ein bisschen **grummelig** ausgesehen. Ach. Wisst ihr das von Paul?

Ja. Aber ist egal.

Rémi hat den Käse runtergeschluckt. Dann hat er mich angelächelt und dabei immer noch ein kleines bisschen nach **CAMEMBERT** gerochen.

Lotta baut mit Paul und misch Sonnensystem. Dann sie muss nie, nie wieder Angst für Außerirdische.

Sofort haben meine **BrüDer** wieder angefangen zu grölen.

Lotta hat A-hangst! Lotta hat A-hangst!

Na, vielen Dank, Rémi!

Nach dem Frühstück sind Rémi und ich sofort zu Paul gelaufen. Er war schon wieder im Garten, hinter der großen Tanne. Auf dem Tisch lag der Jupiter und Paul hat bereits am Saturn gebaut.

Allerdings hatte er noch immer **schlechte Laune**.

Na, habt ihr eure bedeutende Mission erledigt und den **Außerirdischen** gefangen?

hat er geknurrt, ohne uns dabei anzugucken.

Also, manchmal ist Paul ja echt ein bisschen nachtragend! Aber Rémi hat ihn nur angegrinst.

Ja, 'aben wir! hat er ganz vergnügt gerufen.

Wir 'aben gefangen kleines, gefährlisches **ALIEN** und gemacht unschädlisch! Jetzt, es kann nischt mehr zerstören die Erde.

Paul hat immer noch 

gegrummelt. Irgendwie wird er wirklich immer mehr wie Papa!

Der Jupiter ist voll schön geworden

hab ich gesagt, um ihn aufzumuntern. Und weil es stimmte.

Wenn du willst, mache ich jetzt wieder Pappmaschee.

Du kannst die Jupitermonde formen

hat Paul gegrummelt.

Da war ich ein bisschen erstaunt.

Echt?

Denn Jupitermonde formen hört sich ja viel interessanter und wichtiger an als Zeitungen zerreißen und im Kleister rühren.

„Ja, echt", hat Paul gesagt und dann hat er fast ein bisschen grimmig gegrinst. Alle neunundsiebzig.

Neunund…?

Ich hab nach Luft geschnappt.

Und dann ist mir wieder eingefallen, dass Paul das schon mal erzählt hatte. Ich hatte es nur zwischenzeitlich vergessen.

Ähm … okay. Dann … dann fang ich wohl mal an …

Jetzt hat Paul wirklich gegrinst. War nur ein Scherz hat er gesagt.

Die meisten Jupitermonde sind so winzig, dass man sie bei unserem Maßstab gar nicht sehen würde. Es reicht also, wenn du die vier größten machst.

Galileische Monde.

Rémi hat auch gegrinst.

Und obwohl das natürlich schon wieder irgendein so ein Rémi-Unsinn war, musste auch ich jetzt grinsen. Vor lauter Erleichterung über die **vier** Monde.

Und vor allem,

weil **PAUL**

wohl **nicht mehr böse** auf uns war.

Sofort hab ich mir vorgenommen, **vier**
supertolle kugelrunde MONDE
zu machen, mit allen Kratern an den richtigen Stellen.

Und als Paul mir weniger später Bilder der Monde gezeigt hat, hab ich mich sogar echt gefreut. Weil die nämlich alle ganz unterschiedlich aussehen und **voll schön** sind!

- **Io:** schwefelgelb mit ein bisschen Orange, und zwar weil es dort ganz viele **Vulkane** gibt
- **Europa:** weiß mit voll vielen roten **Streifen** und **Mustern**
- **Ganymed:** eher grau, aber mit ganz vielen dunklen und **hellen Stellen** und **Kratern**
- **Kallisto:** dunkel, aber voller **Krater**, die wie Sterne leuchten, weil sie aus **Eis** sind

Ich glaub, wenn ich Papa heute Abend erzähl, was ich alles über die Jupitermonde weiß, dann ist er ganz schön stolz auf mich! Und gar nicht mehr grummelig wegen der **ALIENFALLE** ...

Überhaupt ist es besser, sich mit dem Sonnensystem zu beschäftigen als mit **Außerirdischen**. Das habe ich gerade so richtig gemerkt. Weil es das Sonnensystem nämlich wirklich gibt, **Außerirdische** aber nicht.

Also, zumindest nicht bei uns zu Hause. Und ***PROXI*** ist sowieso nur ein Film!

Ich hab mit Io angefangen, weil der mir am besten gefällt. Er ist ein kleines bisschen größer als unser Mond, deshalb durfte er auch nur ungefähr so groß werden wie eine Kirsche.

Und als ich dann dagestanden und am Io rumgeknetet und -gerollt hab, weil es voll schwer war, den richtig rund zu kriegen und nicht kartoffelig ...

… hab ich mit einem Mal eine Stimme gehört.

Huhu! hat jemand gerufen, und es war

CHEYENNE!

Und da waren mir der Jupiter und seine Monde plötzlich völlig egal. Ich hab Io auf den Tisch gelegt, bin um die Tanne rumgelaufen, und

da stand meine allerbeste **FREUNDIN**, **ganz in echt**, bei Paul im Garten!

CHEYENNE!

hab ich geschrien und die Arme hochgerissen.

Du bist wieder da!

Und dann hab ich sie geknuddelt und sie hat mich auch geknuddelt.

Ja, und darüber bin ich so was von froh, ey. Eins kann ich dir sagen, Lotta: Ich fahr nie wieder in den Harz! Den ganzen Tag nur durch die Gegend latschen und komische Sachen essen ... Die haben da sogar einen besonders ekligen Käse, der **HARZER ROLLER** heißt ... dafür aber nicht mal Netflix!

Da musste ich lachen und hab mich noch mehr darüber gefreut, dass Cheyenne wieder zurück ist.

Schnell hab ich sie hinter die große Tanne gezogen, um ihr Jupiter, Saturn und Io zu zeigen. Und natürlich auch, damit sie Paul und Rémi begrüßen kann.

Machst du jetzt etwa auch bei den Planeten mit?

hat Cheyenne da gefragt und ihre Stirn gerunzelt.

Du wolltest doch eigentlich was mit **ALIENS** machen.

Ich bin ein bisschen verlegen geworden.

Ja, stimmt, das wollte ich zuerst ... Aber das war voll blöd. Weil es **ALIENS** ja gar nicht gibt.

Cheyenne hat ihre Arme in die Seiten gestemmt.

Hä? Wie jetzt? Es gibt keine Aliens? Und was ist mit dem Papagei in Australien, der von einem Außerirdischen besessen war? **Ich bin Mork vom Ork**, hat der immer gekrächzt!

Weil ich glaub, dass sie das ernst gemeint hat, hab ich lieber nicht gelacht. 

Und Rémi hat schnell das Thema gewechselt.

`allo Cheyenne hat er gesagt. Schön, dir zu sehen. `arz war gut? Nächste Ferien du fährst dort wieder?

Bei den letzten Worten hat er allerdings nicht sie angeguckt, sondern mich. Vielleicht denkt er ja, dass er dann wieder bei mir übernachten darf. Wenn Cheyenne verreist ist, meine ich.

Wir haben beide den Kopf geschüttelt, Cheyenne und ich. Nie wieder fahre ich in den dämlichen Harz! Da gibt es voll die Berge und das ist mega-anstrengend, da rumzulaufen hat sie geknurrt.

Dann hat sie sich umgeschaut.

Caspar! An den hatte ich schon seit Tagen überhaupt nicht mehr gedacht.  Aber bestimmt machte der sowieso was mit Edda-Marie zusammen – wenn er überhaupt am **WETTBEWERB** teilnehmen wollte.

Paul hat auch nur mit den Schultern gezuckt.

Und dann hat er Cheyenne angeguckt und sich auf die Lippe gebissen. So als würde er angestrengt über irgendwas nachdenken.

„Aber ... Cheyenne ...", hat er schließlich gesagt, seine Brille abgenommen und an einem Hemdzipfel geputzt,

Vier-zwanzisch zwei hat Rémi gesagt und gegrinst. **Oh Mann, Rémi!** Der muss echt noch viel lernen ...

aber von Paul fand ich das gerade TOTAL NETT! Schließlich hatte er anfangs ja nicht mal gewollt, dass ich mit dabei bin. Und jetzt hatte er es sogar Cheyenne angeboten. Dabei ist sie bestimmt noch schlechter im Mondebauen als ich. Weil sie immer so unordentlich ist.

Aber sie hat sowieso nur den Kopf geschüttelt und abwehrend die Hände gehoben.

Nee, bloß nicht. Baut ihr eure Kugeln man schön alleine.

Da hat Paul etwas erleichtert ausgesehen. Er hat seine Brille wieder aufgesetzt und sie freundlich angelächelt.

Ich mach ja schon was mit Sternzeichen. Damit kenn ich mich inzwischen total gut aus. Und weil es im Harz so langweilig war, hab ich euch allen Horoskope erstellt.

Dann hat sie Paul etwas bekümmert angeguckt.

Tut mir echt leid, Paul … aber du hast in den nächsten Wochen voll Pech in der Liebe.

Paul hat geseufzt.
Allerdings nicht wegen der Liebe, glaub ich.

Ach, Cheyenne, Horoskope sind Aberglaube. Genau wie das mit den schwarzen Katzen und den vierblättrigen Kleeblättern.

Hallo? Das stimmt doch überhaupt nicht!

hat Cheyenne empört gerufen.

Du hast ja gar keine Ahnung davon! Die Sterne lügen nie! Die sagen nämlich auch noch was anderes, und zwar dass du was **gewinnst!** Einen **WETTBEWERB** oder so.

Den von der Sternwarte!

Plötzlich war ich ein bisschen **aufgeregt**.

Genau. Cheyenne hat genickt. Kapierst du jetzt, dass ich recht hab, Paul? Und wehe, ich krieg nichts von der großen Planeten-Pizza ab!

Ptolemäus hat Rémi gesagt und auch genickt.

Ganz ehrlich, 

was war nur heute schon wieder los mit ihm? Hatte der **Außerirdische** in unserem Haus vielleicht doch irgendwas mit seinem Kopf gemacht, dass er ständig so einen **UnSinn** dazwischenreden musste?

Doch dann hat Rémi seine Hände in die Hosentaschen gesteckt und gefragt:

Und was sagt der Horoskop über Wasserausgießer?

Oh Mann, Rémi. Cheyenne hat verzweifelt den Kopf geschüttelt.

So ein Sternzeichen gibt's doch gar nicht. Was du meinst, ist Tapir!

Da musste ich lachen –
aber Paul noch viel mehr.

Tapir! hat er gegluckst.
Rémi ist Wassermann, Cheyenne.

Sag das doch gleich. Jetzt schien Cheyenne ein bisschen eingeschnappt.

Dann hat sie tief Luft geholt. Für den Wassermann besteht in dieser Woche die Möglichkeit, seiner Angebeteten in einer ungewöhnlichen Angelegenheit zu helfen und ihr dadurch näherzukommen. Doch leider verläuft diese Sache im Sand.
Daher sollte sich der Wassermann verstärkt seiner Arbeit oder seinem Hobby widmen, da auf diesem Gebiet mehr Erfolg zu erwarten ist.

Ein paar Sekunden lang haben wir sie nur sprachlos angestarrt. Weil sich Cheyenne gerade überhaupt nicht nach Cheyenne angehört hat. Aber dann mussten wir alle loslachen.

Sogar Rémi. Oh, oh, besser, isch beginne sofort mit Monde von Saturn hat er gewiehert.

Dabei hat er mich angeguckt und ich ihn, und wir mussten noch viel lauter lachen. HAHAHA! Doch dann hab ich schnell wieder weggeguckt.

Ich weiß gar nicht, was daran so lustig ist hat Cheyenne gesagt, obwohl selbst sie ein bisschen grinsen musste. Wahrscheinlich, weil Lachen ansteckend ist.

Das ist ja nur, weil alles so gut passt hab ich gekichert.

Sag ich ja. Cheyenne hat sehr zufrieden ausgesehen.

Die Sterne lügen nie.

Und da hab ich sie noch mal umarmt. Weil ich so was von froh war, dass meine **beste Freundin** wieder zurück ist ...

… und nur ein paar Horoskope mitgebracht hatte und keinen **HARZER KÄSE** oder gar einen **Außerirdischen**.

Wann gibt es eigentlich die große Pizza für alle Freunde? hat sie dann gefragt. Die würde ich gerade total gerne essen. Zusammen mit euch. Ich hab nämlich voll den Hunger.

Au ja, ich auch! hab ich gerufen.

Und da ist Paul ins Haus gegangen, um seine Mutter nach Pizza zu fragen. Ungefähr eine Dreiviertelstunde später ist sie dann mit einem ganzen Backblech zu uns rausgekommen und dann haben wir im Garten hinter der großen Tanne zusammengesessen und gegessen und es war die **beste Pizza** des gesamten Universums.

Besser als jede Sternwarten-Sonnensystem-**WETTBEWERBSpizza!**

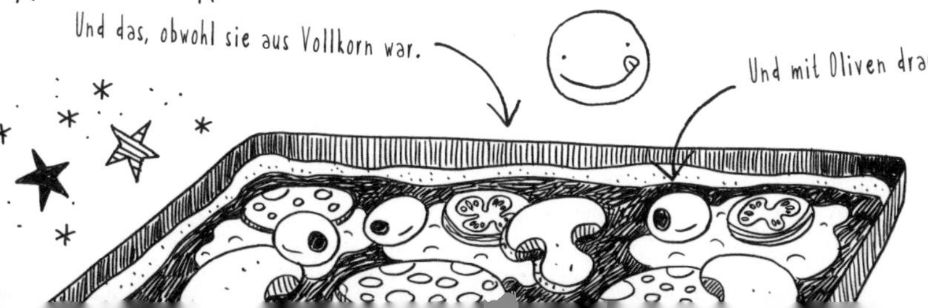

Zwei Wochen später ...

SAMSTAG, DER 23. OKTOBER

Heute waren wir noch einmal im **PEUERBACH-PLANETARIUM.** Und zwar ... weil wir wirklich den **WETTBEWERB GEWONNEN** haben!!!

Pauls Mutter hat Paul, Rémi, Cheyenne und mich mit dem Auto dorthin gebracht und als wir in die große, runde Eingangshalle gekommen sind, standen überall am Rand so Stellwände mit Wettbewerbsbeiträgen ... Bildern und so ...

und genau in der Mitte war **unser Sonnensystem** aufgebaut!

Auf einer Tafel konnte man sogar **unsere Namen** lesen und da war ich **voll stolz.**

Obwohl Paul und Rémi natürlich noch mehr daran gearbeitet hatten als ich.

Außer uns waren auch noch einige andere Leute da. Es hat nämlich eine richtige offizielle Veranstaltung gegeben.

Wir mussten nur ungefähr zehn Minuten warten, bevor eine Frau angefangen hat, in ein Mikrofon zu sprechen, und dann hat sie uns beglückwünscht und uns die **Jahreskarte fürs Planetarium** überreicht.

Die hat natürlich Paul gekriegt.

Er kann ja am meisten damit anfangen.

Anschließend haben wir zusammen mit Cheyenne die große ~~Frox~~ ~~Plex~~ dingsbums-**Pizza** gegessen. Dafür hatten uns die Leute von der Sternwarte einen Tisch direkt neben dem Mondkalb aufgebaut. Mit einer weißen Tischdecke. Von dort oben konnten wir über ein Geländer auf unser Sonnensystem gucken.

Cheyenne hat die Pizza etwas misstrauisch beäugt. Was soll'n das sein, ey? Sind das etwa Käfer vom Jupiter? Also, ich mag ja lieber Salami ...

Wir haben gelacht. HAHAHA!

Isch glaube, die Pizza soll gebacken extra außerirdisch. Wie Insekt, Tentakel, Gehirn ... hat Rémi dann grinsend erklärt.

Da haben Cheyenne und ich gequiekt, weil das voll EKLIG war.

Ach was. Paul hat Rémi vorwurfsvoll angesehen. „Das sind nur Kapern, kleine Tintenfische und Walnüsse."

Und Gummibärchen hab ich gejapst. Ich konnte es kaum glauben.

Ich mag aber kein Fischzeugs. Cheyenne hat stirnrunzelig auf die Pizza geguckt.

Dann hat sie sich ein Gummibärchen in den Mund gesteckt.

Hm, lecker. Aber die Kaspern dürft ihr ruhig alleine essen.

Guten Appetit! hat uns in dem Moment die gleiche Frau von vorhin gewünscht, die gerade mit einem Fotoapparat an den Tisch gekommen ist.

Darf ich ein paar Bilder von euch machen? Für unsere Ausstellung?

„Klar!", hat Cheyenne gerufen und noch ein paar Gummibärchen in den Mund gestopft. Und dann haben wir uns alle ein Stück Pizza genommen und in die Kamera gegrinst.

Die Frau hat so ungefähr zehn bis zwanzig Bilder gemacht, dann hat sie uns noch mal **guten Appetit** gewünscht und ist wieder weggegangen.

Die Pizza hat viel **BESSER GESCHMECKT**, als sie aussah. Es gab sogar Cola dazu und mit den kleinen Tintenfischen haben wir **PROXI** will zu Hause gespielt, bis Rémi damit angefangen hat, einen nach dem anderen  aufzuessen.

Schließlich waren wir pappsatt und haben uns in unseren Stühlen zurückgelehnt. Die weiße Tischdecke war leider nicht mehr ganz so weiß und außerdem lagen da ein paar Kapern, die von der Pizza gekullert waren. 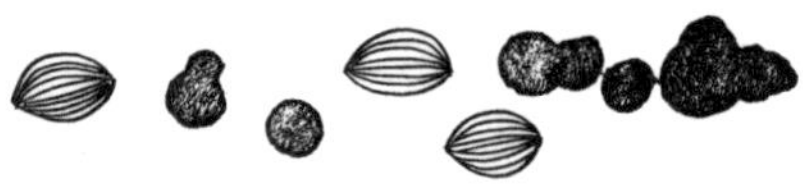

Cool hat Cheyenne schließlich gesagt und leise gerülpst.

Ja hab ich bestätigt.

Dann hat Paul sich vorgebeugt.

Nächste Woche stellen wir unser Projekt im Physikunterricht vor.

Und ich erstelle dem langweiligen Bohring ein Horoskop! hat Cheyenne schnell dazwischengerufen. Danach hat sie mit so einer **Nachrichtensprecherin-Stimme** weitergeredet.

In der nächsten Woche werden Sie leider zum Mond geschossen. Und dann gibt's nie wieder Physikunterricht!

Da mussten wir wieder alle lachen. HAHAHA!
Sogar Paul, obwohl er Physik ja voll gerne mag.

Und als ich dann an meine Herbstferien gedacht hab, fand ich, dass sie doch noch total schön geworden sind. Irgendwie hat es echt **Spaß** gemacht, mit Paul und Rémi das Sonnensystem zu bauen. Außerdem hab ich viel gelernt. Zum Beispiel über Exoplaneten, Jupitermonde und Kugelsternhaufen.

Und natürlich darüber, dass ich überhaupt keine Angst vor **Außerirdischen** haben muss.

Weil ***PROXI*** nämlich zu Hause **bleibt!**

Arena
ALICE PANTERMÜLLER
DIE außer-
gewöhnlichen
FÄLLE der
FLORENTINE
BLIX
TATORT der
KUSCHELTIERE
ILLUSTRIERT von
DANIELA KOHL

Hallo. Oder auch Moin, wie man in Flensburg sagt, wo ich lebe.

Ich heiße FLORENTINE BLIX, bin 13 Jahre alt, mag alles, was grün ist, und bin anders als die meisten Leute. Es gibt Dinge, die ich nicht so gut kann (z. B. lügen oder Fahrrad fahren), dafür kann ich andere Sachen ziemlich gut, z. B. Kriminalfälle lösen! Schon seit dem Marienkäfer-Vorfall im Kindergarten weiß ich, dass ich später zur Polizei gehen und Morde aufklären werde. Meine Fälle sammele ich in Ordnern, allerdings fehlt mir noch ein richtiger Krimi. Das ändert sich an dem Tag, als Bo neu in meine Klasse kommt und all meine alten Kuscheltiere verschwinden.
Dieser 31. August ist ein echter Feuerlöscher-Tag und der Start eines so außergewöhnlichen Falls, dass mir dabei nur meine beste Freundin Maja helfen kann.

Die außergewöhnlichen Fälle der FLORENTINE BLIX:

ein neuer Mitschüler, ein verschwundener Cousin, eine ganz normale beste Freundin und eine Ermittlerin mit besonderem Talent – BEGLEITE FLORENTINE BEI IHREM MYSTERIÖSEN ERSTEN FALL!

Ab März 2022 überall, wo es Bücher (und außergewöhnliche Fälle) gibt

ISBN 978-3-401-60578-4

Berenike von Bödecker
ist total hochnäsig
Emma, Hannah, Liv-Grete
die Bande von Berenike
die Glamour-Girls
LÄMMER
unsere KlassenLehrerin
Frau Kackert
guckt immer gerne streng über ihre Brille
die Rocker
AC/DC
55
Maurice, Finn, Timo, Benni
unser Physiklehrer
Doktor Bohring
der Außerirdische
PROXI
Heesters
Ist Heesters vielleicht eine außerirdische Schildkröte, die zu uns geschickt worden ist, um uns auszuspionieren?